# すばらしい
# オズの魔法使い

# すばらしい
# オズの魔法使い

ライマン・フランク・ボーム 作

ロバート・イングペン 絵　杉田 七重 訳

西村書店

**作◆ライマン・フランク・ボーム　Lyman Frank Baum**

1856年、ニューヨークのチッテナンゴという村に生まれる。伝承童謡を集めた最初の本を1897年に出版したのを皮切りに、本名とペンネームの両方をつかって、子どもの本を多数発表した。オズの魔法の国について書いた著作が最も有名であり、最初の作品『すばらしいオズの魔法使い』は1900年に発表されたとたん爆発的な人気を呼び、13の続編が生まれた。創作力旺盛なボームは、持てるエネルギーと資産のすべてを創作に注ぎこみ、自作をもとにした演劇や映画も生み出した。1919年没。

**絵◆ロバート・イングペン　Robert Ingpen**

1936年、オーストラリア生まれの世界的に有名な画家、作家。ロイヤル・メルボルン・インスティテュート・オブ・テクノロジーで挿し絵と装丁の技術を学ぶ。1986年には児童文学への貢献が認められて国際アンデルセン賞を受賞。2007年にはオーストラリア勲章のメンバーの位を受章した。本書のほかに、『不思議の国のアリス』『鏡の国のアリス』『楽しい川辺』『聖ニコラスがやってくる！』（以上、西村書店）、『宝島』『ピノキオ』など、多数の作品に挿し絵を提供している。

**訳◆杉田 七重（すぎた ななえ）**

1963年、東京生まれ。東京学芸大学教育学部卒業。児童書、YA文学、一般書など、フィクションを中心に幅広く活動。主な訳書に、『不思議の国のアリス』『鏡の国のアリス』『楽しい川辺』（以上、西村書店）、『クリスマス・キャロル』（角川書店）、『レモンの図書室』（小学館）、『カイト　パレスチナの風に希望をのせて』（あかね書房）、『変化球男子』（鈴木出版）など多数。

THE WONDERFUL WIZARD OF OZ
by Lyman Frank Baum
Illustrated by Robert Ingpen

Illustrations © 2011 Robert Ingpen
Design and layout © 2011 Palazzo Editions Ltd.
Created by Palazzo Editions Ltd., London, United Kingdom

Japanese edition © 2019 Nishimura Co., Ltd.
All rights reserved. Printed and bound in Japan.

**すばらしいオズの魔法使い**
2019年5月1日　初版第1刷発行

作＊ライマン・フランク・ボーム　絵＊ロバート・イングペン　訳＊杉田 七重

発行者＊西村正徳　発行所＊西村書店　東京出版編集部
〒102-0071　東京都千代田区富士見2-4-6
TEL 03-3239-7671　FAX 03-3239-7622　www.nishimurashoten.co.jp
印刷＊三報社印刷株式会社　製本＊株式会社難波製本
ISBN978-4-89013-997-2　C0097　NDC933　192p.　22.7×18.8 cm

## ★ 目 次 ★

　ライマン・フランク・ボームについて　　　　　　6
　はじめに　　　　　　　　　　　　　　　　　　　8

第1章　大たつまき　　　　　　　　　　　　　　10
第2章　マンチキンと出会う　　　　　　　　　　18
第3章　ドロシー、かかしを助ける　　　　　　　28
第4章　森をぬける道　　　　　　　　　　　　　36
第5章　ブリキのきこりを助ける　　　　　　　　42
第6章　弱虫ライオン　　　　　　　　　　　　　52
第7章　偉大なオズの都へ　　　　　　　　　　　58
第8章　命とりのポピー畑　　　　　　　　　　　66
第9章　野ネズミの女王　　　　　　　　　　　　76
第10章　エメラルドの都の門番　　　　　　　　　82
第11章　すばらしいエメラルドの都　　　　　　　92
第12章　悪い魔女をさがして　　　　　　　　　106
第13章　救出作戦　　　　　　　　　　　　　　122
第14章　ツバサザル　　　　　　　　　　　　　128
第15章　おそるべきオズの正体　　　　　　　　134
第16章　偉大なペテン師がつかう魔法　　　　　146
第17章　気球は飛びたったが　　　　　　　　　150
第18章　南へ出発　　　　　　　　　　　　　　156
第19章　通せんぼの木　　　　　　　　　　　　160
第20章　こわれやすい陶器の国　　　　　　　　168
第21章　ライオン、百獣の王になる　　　　　　176
第22章　クワドリングの国　　　　　　　　　　180
第23章　よい魔女グリンダ、ドロシーの願いをかなえる　184
第24章　自分の家　　　　　　　　　　　　　　190

　挿し絵画家からのメッセージ　　　　　　　　192
　訳者あとがき　　　　　　　　　　　　　　　194

# ライマン・フランク・ボームについて

## 1856-1919

ライマン・フランク・ボームは1856年5月15日に、ニューヨークのチッテナンゴという村に生まれた。フランクと呼ばれるのを好んだ彼は、生まれつき体が弱く、心臓をはじめ、死ぬまで体調の不良に苦しんだ。父親のベンジャミン・ウォード・ボームは石油業界で一財産を築いて広大な地所を購入し、子どもたちはローズ・ローンという屋敷で家庭教師から勉強を教わった。そのためフランクには遊び友だちがほとんどおらず、父親の書斎から持ち出したおとぎ話の本を読みふけって時を過ごすのが好きだった。孤独ではあったものの、幸せな子ども時代だった。しかし12歳のとき士官学校に送られたのを機に、幸せな毎日は終わりを告げる。学校の厳しい訓練がたたって深刻な病いにかかり、みじめな2年間を過ごしたあと家に送り返された。

家にもどると、フランクは創作に専念し、幼いころ大好きだったおとぎ話を自分流に書き替えて新作を生み出した。当時子どもたちのあいだでは新聞づくりが流行っており、父親が買ってくれた小さな印刷機をつかって、弟といっしょに『ローズ・ローン・ホーム・ジャーナル』という家庭新聞をつくり、ニュース、短編小説、詩などで紙面を埋めた。夢想家の彼はしょっちゅう新しいことに興味を持って全身全霊で熱中する。当時全国的に流行していた高級なニワトリの繁殖にも夢中になり、最初に出版した本はニワトリ飼育の手引きだった。もうひとつ、生涯とりこになったのが演劇で、25歳のとき、演技を勉強するためにニューヨーク市に移ってきた。父親が所有する一連の劇場のマネージャーに任命された上、1882年には自分で脚本、監督、主演を務めた作品で初の成功を収めた。

1882年11月9日、フランクはモード・ゲージと結婚。ふたりのあいだに4人の息子をもうけることになる。モードは女性参政権活動家として著名なマチルダ・ゲージの娘だった。

父が他界すると家運はかたむきだし、フランクは演劇をやめて実業界に入ったが、どんな仕事についてもほぼ失敗続きだったようで、多方面で起業した会社はことごとく倒産

して困窮を極めた。1888年にはサウスダコタに『ボームズ・バザール』という名のデパートを開店したが、まもなく閉店し、ある新聞社の編集職につくものの、これもうまくいかなかった。その後シカゴの『イブニング・ポスト』紙で職を得、それからさらにいくつかの職についたが、旅回りの陶器セールスマンをふくめ、いずれもうまくいかず、やがて書くことに専念しだした。1897年に出版した『散文体マザー・グース』は、もともと幼い息子たちのために伝承童謡を集めて書いたもので、これがささやかな成功を収め、翌年には続刊『ファザー・グース——彼の本』を出版し、その年のベストセラーになった。

　1900年、フランクは最も世に知られる作品『すばらしいオズの魔法使い』を出版し、それはたちまち大ヒットとなる。「ありふれた素材で独創的な物語を織りなし……今日の一般的な児童書をはるかに上回った」と『ニューヨーク・タイムズ』紙が書いているように、フランクはこの作品で、大好きだったおとぎ話に出てくる魔女、魔法使い、しゃべる動物、空想上の生き物といった魅惑的な要素を、米国中西部の見慣れた風景のなかに巧みに織りこんだ。その中心に置かれた勇敢な少女ドロシーは、子どもの読者がたちまち共感できる主人公だった。いまやアメリカは児童書の名作を国内で生産するようになったのである。

　フランクはそのあとブロードウェイで上演する舞台用の脚本を書き、これが絶賛された。以来創作に専念し、本名とさまざまなペンネームも駆使して、子ども向けの物語や戯曲を数多く生み出していったが、読者の人気と経済的な理由から、どうしてもオズに関する作品にもどっていくのだった。そうしてオズの最初の続編『オズの不思議な国』が1904年に刊行される。

　1910年、フランクとモードはカリフォルニアに移り、ハリウッドの活気のない小さな町に落ち着いた。その家は「オズの小屋」として知られるようになる。フランクはそれからも書きつづけたが、自作の舞台化にさらにのめりこんだ上、映画会社にも大金を注ぎこんで経済的に破綻する。自身を「オズの王国歴史家」と称して、毎年1作ずつシリーズ作品を増やしていったが、最初の作品で得た成功を再度手にすることはできなかった。1919年5月6日、健康状態が悪化して脳卒中で死亡。最後の著作『オズのグリンダ』は死後の1920年に出版された。

　妹へささげたある献辞にフランクはこう書いている。「名声は幻影であり、いざつかんでしまえば持っている価値はないとわかった。しかし子どもを楽しませることはゆかいで喜ばしい、心なごむことであり、それだけで十分報われる……わたしの本がそのように、子どもたちに愛されて読み継がれていくことを願ってやまない」。実際その言葉どおり、最初に刊行されてから120年近くも、彼の不朽の名作は世界じゅうの子どもたちを長きにわたって楽しませてきた。

## はじめに

ずっと昔から子どもたちは、民間伝承、伝説、神話、おとぎ話に親しんできた。幼い子が、奇怪な話、驚くべき話、明らかに現実離れした話に夢中になるのは健全かつ自然なことであって、グリムやアンデルセンの生み出した翼のある妖精たちは、人間がつくりだしたほかのどんな産物よりも、幼い心に幸せを運んできた。

しかし、そうやって長きにわたって子どもたちに親しまれてきた古いおとぎ話も、いまは「昔話」として子どもの本棚に眠っていることだろう。新しい「胸おどる物語」の時代がやってきたのだ。もう型にはまった精霊やこびとや妖精はいらない。恐怖心をあおって教訓を植えつけるためにでっちあげた、おどろおどろしい事件も必要ない。学校で道徳を教えるようになったいま、子どもたちはただ面白さを求めて物語を読めばいいのであって、不快な事件に出番はない。

そんな考えのもとに、この『すばらしいオズの魔法使い』は現代の子どもたちを楽しませることだけを目標に書きあげた。驚きと喜びはそのままに、苦悩や悪夢とは無縁の、現代のおとぎ話になることを願っている。

ライマン・フランク・ボーム
1900年4月、シカゴにて

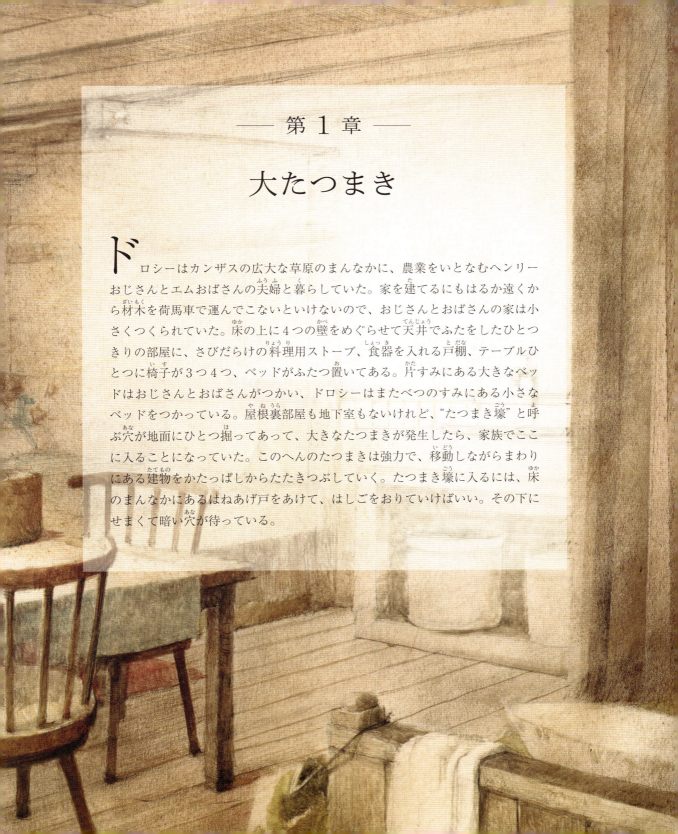

―― 第1章 ――

# 大たつまき

ドロシーはカンザスの広大な草原のまんなかに、農業をいとなむヘンリーおじさんとエムおばさんの夫婦と暮らしていた。家を建てるにもはるか遠くから材木を荷馬車で運んでこないといけないので、おじさんとおばさんの家は小さくつくられていた。床の上に4つの壁をめぐらせて天井でふたをしたひとつきりの部屋に、さびだらけの料理用ストーブ、食器を入れる戸棚、テーブルひとつに椅子が3つ4つ、ベッドがふたつ置いてある。片すみにある大きなベッドはおじさんとおばさんがつかい、ドロシーはまたべつのすみにある小さなベッドをつかっている。屋根裏部屋も地下室もないけれど、"たつまき壕"と呼ぶ穴が地面にひとつ掘ってあって、大きなたつまきが発生したら、家族でここに入ることになっていた。このへんのたつまきは強力で、移動しながらまわりにある建物をかたっぱしからたたきつぶしていく。たつまき壕に入るには、床のまんなかにあるはねあげ戸をあけて、はしごをおりていけばいい。その下にせまくて暗い穴が待っている。

★★★★
すばらしいオズの魔法使い

　ドロシーが玄関先に立ってあたりをぐるりと見まわしても、目に入るのは灰色のだだっ広い草原ばかり。木の1本、家の1軒もなく、さえぎるものが何もないまま地平線がどこまでも一直線にのびている。耕した畑は太陽で干からびて灰色にかたまり、小さなひび割れが走っている。草でさえも緑でないのは、のびた先から、照りつける日差しでちりちりに焼けて、まわりと同じ灰色になってしまうからだ。むかしは家にペンキが塗ってあったのに、強い日差しで火ぶくれを起こしてはがれ、雨で洗い流されてしまった。だからやっぱり家も殺風景な灰色だった。

　エムおばさんがこの家に初めてやってきたときは、若くて美しい奥さんだった。それも太陽と風が変えてしまった。きらきらした目から光が消えてどんより灰色になり、ほおとくちびるも血色が消えて灰色になった。いまはもうやせこけてぎすぎすになり、にこりともしない。みなしごのドロシーが最初にここにやってきたとき、おばさんはその笑い声にひどく驚いたものだった。それ以来、ドロシーの明るい笑い声が耳に入るたびに、おばさんはキャッと悲鳴をあげて心臓を片手で押さえるようになった。いったいここで、何を笑うことがあるのかと、いまでもドロシーを驚きの目で見る。

　ヘンリーおじさんはまったく笑わない。朝から晩まで働きづめで、楽しみを知らなかった。長いあごひげからごつい長靴まで、やっぱりぜんぶ灰色。まじめくさった顔をして、めったに口をひらかない。

　ドロシーを笑わせてくれるのはトトという犬だった。トトがいるおかげでドロシーはまわりと同じ灰色にならずにすんでいる。トトは灰色ではなかった。小さな黒犬で、長い毛がつやつや、ちっちゃな黒い目がきらきらして、両目のあいだにぽちっとついた鼻が面白い形をしている。ドロシーは一日じゅう遊んでいるトトにつきあって、いっしょに遊ぶ。トトがかわいくてたまらなかった。

　ところが今日、ふたりは遊ばなかった。ヘンリーおじさんが玄関前の階段にすわって、心配そうな顔で空を見上げている。空はいつもより灰色が濃くなっていた。ドロシーもトトを抱いて玄関先に立ち、いっしょに空を見上げている。エムおばさんは食器を洗っていた。

　遠い北の空から風の音がゴーッと響いてくると、近づいてくる嵐に丈の高い草がいっせいにおじぎをした。すると今度は南の空からピイーーッと耳をつんざくような鋭い音がした。ふたりがそちらに目をむけると、そこでも押し寄せるさざ波のように草がいっせいになびいていた。

ふいにヘンリーおじさんが立ちあがった。
「エム、たつまきがくるぞ」家のなかに声をかけるなり、「おれは家畜を見てくる」といって、雌牛や馬のいる家畜小屋へ飛んでいった。
　エムおばさんが洗いものを放り出して玄関先へ飛んできた。ひと目見て危険がせまっているとわかったようだ。
「ドロシー、急いで！」おばさんがさけぶ。「穴におりるのよ！」
　トトが腕のなかから飛び出してベッドの下に隠れた。エムおばさんはすっかりおびえ、床のはねあげ戸を勢いよくあけると、はしごをおりて、せまく暗い穴におりていった。ドロシーはようやくトトをつかまえ、おばさんのあとに続こうと、はねあげ戸のほうへ向かった。けれど半分までいかないうちにキーンとものすごい風の音がして家が激しくゆれ、転んで床にしりもちをついた。
　そこで不思議なことが起きた。
　ぐるん、ぐるんと、2度3度、家が回転したかと思うと、ゆっくりと宙に浮きあがった。まるで気球に乗っているように空高く上がっていく。
　家はちょうど北風と南風のぶつかる地点にあり、そこがまさにたつまきの中心になっていた。たつまきの「目」ともいわれる地点で、たいていとても静かだが、周囲で激しい風が起きているために、家は風圧に持ちあげられてぐんぐん高く上がり、しまいにたつまきの真上に浮きあがる。そうして宙に浮いたまま、何キロも何キロも羽根のようにかるがると運ばれていく。
　外は真っ暗で、ぞっとするような風の音がきこえていたが、ふと気がつけば居心地はとてもよかった。最初こそ家は何度か回転して、一度ひどくかたむいたこともあったけれど、そのあとはゆらゆらと心地よいゆれがあるばかりで、ゆりかごにゆられる赤ん坊の気分だった。
　でもトトはいやがった。部屋のなかを駆けまわり、あっちへ行き、こっちへ行きして大声でほえている。ドロシーは床にじっとすわったまま、これからどうなるのだろうと、ようすを見ることにした。
　一度トトが、あけっぱなしになっているはねあげ戸に近寄りすぎて、ふいに姿を消した。外に放り出されちゃった、と一瞬ドロシーは思ったが、よく見ると耳の片方が穴の上にのぞ

## 第1章　大たつまき

いている。強い風圧が空気を押しあげているために、トトは落ちずに浮いているのだった。はいずって近づいていき、トトの耳をつかんでふたたび部屋のなかへひっぱりあげてから、同じことが起きないようにはねあげ戸を閉めておく。

　それから数時間もすぎると、ドロシーはだんだんこわくなくなってきた。そのかわりすごく心細い。風の音があまりに大きくて、耳がきこえなくなってしまいそうだった。家が墜落したら、地面にたたきつけられて自分も粉々になってしまうのかなと心配になる。けれども、それからさらに数時間が過ぎても、何もおそろしいことは起きなかったので、心配するのはやめにして、この先に起きることを静かに待つことにした。ゆれる床の上をはって自分のベッドまで行って横になる。すると、トトもついてきてとなりに身を丸めた。

　家がゆれて、風が大きなうなりをあげているというのに、ドロシーはすぐに目を閉じて眠りに落ちていった。

## 第 2 章
# マンチキンと出会う

## 第2章 マンチキンと出会う

　ドロシーは衝撃で目が覚めた。いきなりドーンときたので、やわらかなベッドに寝ていなかったらケガをしていただろう。はっと息を飲んで、何があったんだろうと思う。トトが冷たい鼻を顔に押しつけてきて、クーンと心細そうに鳴いた。起きてみると、家はもう動いていないのがわかった。暗くもなくて、窓から差しこむまぶしい日差しが小さな部屋のなかにあふれている。ベッドから飛び出すと、トトといっしょに走っていって、ドアをあけた。
　うっわあああ！　ドロシーは思わず大声をあげた。どこに目を向けてもすばらしい景色が広がっていて、目を丸くするばかりだった。
　家は、驚くほど美しい田園風景のただなかに着地していた。たつまきなりに、そうっとおろしてくれたのだろう。青々とした芝生がそこらじゅうに広がり、立派な木々に見るからにおいしそうな果実がたわわに実っている。土手にはみごとな花が咲きほこり、木々や茂みには色とりどりのめずらしい羽根を持つ鳥がたくさんいて、さえずりながら羽ばたいている。少し先には勢いよく流れる小川があって、日差しをきらきらはねかえしながら緑の土手のあいだを流れていた。乾燥した灰色の土地に長いこと暮らしてきたドロシーには、さらさらいう水音がうっとりするほど気持ちいい。
　初めて目にする美しい風景を夢中になって見ていると、こちらに向かって、なんともおかしな人たちがやってくるのがわかった。大人にしては小さい。子どものわりに大きいドロシーとちょうど同じぐらいの背だ。でも年齢はずっと上だろう。
　男の人が3人と、女の人がひとり。みんなおかしな格好をしている。頭には高さ30センチほどのとんがり帽子。丸いつばのぐるりには小さな鈴がついていて、動きに合わせて楽しげな音を響かせている。男の人の帽子は青で、女の人の帽子は白。女の人が着ている白いローブは肩からひだが入っていて、表面にばらまいたような小さな星が、日差しを浴びてダイヤモンドのように輝いている。男の人はみんな、帽子の色とおそろいの青い服。ぴかぴかに磨いたブーツも、深く折りかえした部分が青色だった。男の人たちはヘンリーおじさんと同じ年ぐらいかなとドロシーは思う。というのも、3人のうちふたりがあごひげを生やしていたからだ。女の人はもっとずっと年を取っているにちがいない。顔はしわだらけだし、髪の毛はほぼ真っ白。歩き方もぎくしゃくしていた。

すばらしいオズの魔法使い

　ドロシーが立っている玄関先に、4人はだんだんに近づいてきながら、とちゅうで足をとめて何やらひそひそ話し合っている。近づいてくるのがこわいみたいだった。すると年とった小さな女の人がひとりでやってきてドロシーに深くおじぎをし、優しい声で話しかけてきた。

　「正義を重んじる気高い魔法使いさま、よくぞマンチキンの国へいらっしゃいました。東の悪い魔女を退治し、マンチキンたちを奴隷の身から解き放ってくださって、心より感謝申し上げます」

　ドロシーはびっくりした。あたしが魔法使い？　東の悪い魔女を退治したって、どういうこと？　たつまきに運ばれて、故郷を遠くはなれてやってきた、まだ何も知らないし、できもしない、小さな子どもなのに。退治なんてできるわけがない。

　それでも相手が返事を待っているようなので、ドロシーはためらいながらいった。「ご親切にありがとうございます。でも、きっと何かのまちがいです。あたしはだれも退治していません」

　「でも、あなたの家が退治しました」老女は笑いながらいい、「同じことですよ。ほら！」といって家のすみを指さした。「2本の足が、家の下からつきだしています」

　ドロシーはそちらを見て小さな悲鳴をあげた。家の土台になっている大きな木材の下から2本の足がにょっきり。先のとがった銀の靴をはいている。

　「うわあ！　大変！」ドロシーはさけび、すっかりうろたえて両手を握りしめた。「家の下敷きになっちゃったんだわ。どうしたらいいの？」

　「何もする必要はございません」老女が落ち着いていった。

　「でもだれなんですか、この人？」ドロシーはきいた。

　「先ほど申し上げたように、東の悪い魔女です。長年大勢のマンチキンを奴隷にして、夜も昼もこきつかっていたのです。それをあなたが解放してくださった。こんなにありがたいことはございません」

　「マンチキンって？」

　「ここ、東の地に暮らす民です。東の悪い魔女に支配されていました」

　「あなたもマンチキン？」

　「いいえ、わたくしはマンチキンの友。北の地で暮らしています。東の魔女が死んだのを見て、マンチキンたちがすぐ使者をよこしたので、急ぎこちらへ駆けつけました。わたくしは北の魔女です」

　「ええーっ、すごい！」ドロシーは思わず声を張りあげた。「本物の魔女？」

　「はい、まさしく。しかしわたくしはよい魔女で、みんなから好かれています。ただしここ

を支配していた悪い魔女ほどの力はございません。もしそんな力があれば、奴隷のように扱われていたマンチキンを自分で解放しています」

「魔女はみんな悪いことをするものだって、思ってました」本物の魔女を前にして、ドロシーは少しおびえていた。

「いいえ、それは大きなまちがいです。オズの国には魔女は4人しかおりませんが、北と南の魔女はよい魔女です。ほんとうですよ。わたくしがそのひとりなのですから、まちがいありません。東と西の魔女は、まったく悪い魔女です。けれどそのひとりをあなたが退治してくださいましたから、オズの国にいる悪い魔女はひとりだけ──西の魔女です」

「でも」ドロシーはちょっと考えた。「魔女はみんな大昔に死んだって、エムおばさんが──」

「エムおばさん、とは？」

「カンザスに住む、あたしのおばです。あたし、カンザスから来たんです」

北の魔女はしばらくうつむいて、地面を見つめながら考えている。やがて顔を上げた。「カンザスというのがどこにあるのか、わたくしにはわかりません。これまできいたことがないのです。ひとつ教えてください。そこは文明国ですか？」

「あ、はい」ドロシーは答えた。

「なるほど、それでわかりました。文明国にはもう、魔女や魔法使いといった不思議な力を持つ者はいないと思います。しかし、ごらんのとおりオズの国は文明国ではございません。ほかの世界から切り離されているからです。それで魔女も魔法使いもまだ生きているのです」

「魔法使いというのは？」

「オズさまご自身が、偉大な魔法使いです」そこで魔女は声を落としていう。「残りの魔女がたばになっても、あのかたにはかないません。エメラルドの都にお住まいです」

ドロシーにはまだききたいことがあったが、ちょうどそのとき、だまって横に立っていたマンチキンたちが大きな声を出し、悪い魔女が下敷きになっている家のすみを指さした。

「どうしました？」魔女はいい、そちらを見るなり笑いだした。死んだ魔女の足がそっくり消えていて、銀の靴だけが残っている。

「ものすごい年でしたからね」北の魔女がいう。「太陽の下に置かれれば、たちまち蒸発してしまいます。これで東の魔女は完全に消えました。ですから、この靴はどうぞあなたが」そういうと手をのばして靴を拾いあげ、ほこりをふり落としてからドロシーに手わたした。

「東の魔女はね、その銀の靴、自慢にしてたんだよ」マンチキンのひとりがいう。「何かの魔力と結びついてるんだけど、ぼくらにはぜんぜんわからない」

## 第2章　マンチキンと出会う

　ドロシーは靴を家のなかに持っていき、テーブルにのせてから、またマンチキンたちのいるところへもどってきた。「あたし、おばさんとおじさんのところに帰りたいんです。きっと心配してるから。帰れるように、力を貸してくれませんか？」
　3人のマンチキンと魔女はお互いの顔を見合わせた。それからドロシーのほうを向き、首を横にふった。
　「ここからそう遠くない東には」マンチキンのひとりがいう。「だだっ広い砂漠が広がっていて、だれも生きてはそこを渡れないんだ」
　「南もだめだよ」べつのマンチキンがいう。「ぼくはそこに行って、この目で見たからね。南はクワドリングの国なんだ」
　「人からきいた話だけど」3人目のマンチキンがいう。「西もだめだよ。そっちはウィンキーたちが住んでいて、西の悪い魔女が支配してる。そんなところを通ったら、きみも奴隷にされちゃうよ」
　「北はわたくしの国です」魔女がいう。「そのへりには、このオズの国を取り囲んでいるのと同じ砂漠が広がっています。残念ですが、あなたはわたくしたちといっしょに暮らすしかありませんね」
　ドロシーはしくしく泣きだした。知らない人たちばかりにかこまれて、心細くなったのだ。その涙を見て、心優しいマンチキンたちも悲しくなったようで、すぐにめいめいハンカチを取り出して泣きだした。魔女は帽子をぬいでさかさまにすると、とんがった先を鼻先に器用にのせ、おごそかに、「1、2、3」と数を数えた。すると帽子は石板に早変わりし、白いチョークで書いた大きな文字が浮かびあがった。

ドロシーをエメラルドの都へ行かせよ

　魔女は鼻先から石板をおろし、文字を読んだあとで、ドロシーにきく。「あなたの名前はドロシーですか？」
　「はい」ドロシーは答え、顔を上げて涙をふいた。
　「でしたら、エメラルドの都へ行かないといけません。きっとオズさまが力を貸してくださるでしょう」
　「その都はどこにあるんですか？」
　「国のちょうど中心にあって、オズさまが治めていらっしゃいます。先ほどお話しした偉大な魔法使いです」

## 第2章　マンチキンと出会う

「いい人ですか？」ドロシーは心配になってきいた。

「よい魔法使いです。人か、そうでないかは、わかりません。わたくしは会ったことがありませんから」

「そこまでどうやって行けばいいんですか？」

「歩くのです。道のりは長く、道中は心地よい場所もあれば、暗くておそろしい場所もあります。安全な旅ができるよう、わたくしが知っているかぎりの魔法をつかってあなたを守ってあげましょう」

「いっしょに行ってくださいませんか？」ドロシーは頼んだ。いまではこの魔女がたったひとりの友だちのように思えていた。

「それはできません。かわりに、あなたにキスをしてさしあげましょう。北の魔女がキスをした者を、襲おうと考える者はいません」

魔女はドロシーに近づいてきて、おでこに優しくキスをした。くちびるが当たったところに、丸くてきらきら光るしるしが残った。あとでドロシーはそれに気づくことになる。

「エメラルドの都へ通じる道は、黄色いレンガ敷きになっていますから、道をまちがえることはないでしょう。オズさまのもとへたどり着いたら、おそれることなく自分のことを話し、力を貸してくれるよう頼むのですよ」

3人のマンチキンはドロシーに深々と頭を下げ、快適な旅になるよう祈ったあとで、木立のなかに消えてしまった。魔女はドロシーに親しげにうなずくと、左のかかとを軸に3回転し、ぱっと消えた。トトはこれに驚き、ついさっきまで魔女が立っていた場所に向かってほえた。魔女がいるときには、おそろしくてうなることさえできなかった。

けれどもドロシーは少しも驚かなかった。相手は魔女なのだから、きっとそんなふうに消えるのだろうと思っていた。

## 第 3 章
# ドロシー、かかしを助ける

## 第3章　ドロシー、かかしを助ける

　ひとりになると、おなかがすいてきた。それで戸棚に入っていたパンを切ってバターを塗って食べた。トトにも少しやってから、手桶を棚からおろし、小川へ行って、きらきら輝くすんだ水をくんだ。トトは木立のほうへ駆けていって、小鳥たちにほえ始めた。ドロシーが行ってみると、木々の枝からおいしそうな実がぶらさがっていたので、これは朝食に持ってこいねと思って、いくつかもいだ。
　それから家にもどり、トトといっしょに冷たくきれいな水をごくごくと飲んでから、エメラルドの都へ向かう旅じたくに取りかかった。
　着替えは1枚しか持っていなかったが、それがたまたまきれいに洗ってベッドわきのフックにかかっていた。白と青のギンガムチェックのワンピースで、何度も洗ったせいで青い色が少しあせてきてはいるものの、いまでもかわいらしい。ドロシーは顔をきれいに洗ってから清潔なギンガムチェックのワンピースに着替え、ピンクの日よけ帽をかぶってひもを結んだ。それから小さなバスケットを取り出して、食器棚に入っているパンをつめ、上から白い布をかぶせた。そこでふと足に目を落とし、靴が古くてくたびれているのに気づいた。
　「ねえトト。これじゃあ長い旅は無理よね」ドロシーがそういうと、トトは黒い小さな目をきらきらさせて、しっぽをふった。ドロシーのいうことがちゃんとわかっていて、うん、そうだねと答えているみたいだった。
　そこでドロシーの目が、テーブルの上に置いてある銀の靴に向いた。東の魔女の靴だった。
　「あれ、はけるかな」トトにいう。「長い旅にはぴったりだと思うの。すりへったりしないだろうから」
　古い革靴を脱いで、銀の靴をはいてみると、まるであつらえたみたいにぴったりだった。
　準備が終わり、ドロシーはバスケットを手に持った。
　「おいで、トト。エメラルドの都へ行って、オズっていう偉大な魔法使いに、どうすればカンザスにもどれるかきこう」

すばらしいオズの魔法使い

　ドアを閉めて鍵をかけ、鍵はワンピースのポケットに大切にしまっておく。うしろから、まじめな顔でついてくるトトをおともに、ドロシーは旅に出発した。

　道は何本かあったが、黄色いレンガ敷きの道を見つけるまでに、そう時間はかからなかった。エメラルドの都を目ざしてきびきび歩くドロシーの足もとで、銀の靴が黄色いレンガをたたく心地よい音が響く。太陽はまぶしく輝き、小鳥はきれいな声でさえずり、気分がいい。小さな女の子が自分の住んでいた町からふいに連れ去られて、まったく知らない土地におろされたら、きっと心細いだろうに、ドロシーはそうでもなかった。

　なんてきれいな国だろうと、歩きながらドロシーは驚いていた。道路の両わきにはきちんと柵が立っていて、きれいな青色に塗られている。柵の向こうには、麦と野菜がよく育った畑が広がっている。きっとマンチキンは畑仕事が得意で、作物もたくさんとれるにちがいない。

　家の前を通ると、たまに人が出てきて、ドロシーを見るなり深々とおじぎをした。悪い魔女が死んで自分たちが自由になれたのは、この女の子のおかげだとみんな知っているのだった。マンチキンの家は、どれもずいぶん変わっていた。ドームのような大きな屋根がついた円筒形の家で、全面青一色に塗られている。この東の国では青色が好まれているらしい。

　夜が近づくと、ドロシーはさすがに歩き疲れてきた。今夜はどこで寝泊まりしようかと思っていると、ひときわ大きな家が見えてきた。家の前に広がる青々とした芝生で、大勢の男女がダンスをしている。小さなバイオリン奏者が５人、精一杯大きな音を響かせるなか、みんなが笑って歌っていた。近くの大きなテーブルにはおいしそうな果物や木の実、パイやケーキなど、たくさんの食べ物がならんでいる。

　ドロシーはみんなから優しくむかえられ、ここでいっしょに食事をして泊まっていったらいいとさそわれた。この家はマンチキンのなかでも指折りの裕福な家で、友人たちが集まって、悪い魔女から解放されたことを祝っているのだった。

## 第3章　ドロシー、かかしを助ける

　この家の主人、ボクという名のお金持ちのマンチキンがあれこれ世話を焼いてくれて、ドロシーはおなかいっぱいごちそうを食べた。それからソファにすわって、ダンスをしているマンチキンたちを見物する。
　するとボクがドロシーの靴を見ていった。「あなたはあの、偉大な魔法使いですね」
「えっ？」とドロシー。
「銀の靴をはいていらっしゃる。悪い魔女を退治してくださったんですよね。それに、着ている服に白が入っています。白い色を身につけるのは魔女と魔法使いだけです」
「青と白のチェックですけど」ドロシーはいいながら、ワンピースのしわをのばす。
「そういうのを着てくださるところが、またお優しい。青はマンチキンの色で、白は魔法使いの色。それを見れば、あなたがわたしたちの味方であるとわかります」
　ドロシーはなんと答えていいかわからない。みんなは魔法使いだと思っているみたいだけど、あたしはふつうの女の子で、大たつまきに運ばれて知らない国にやってきただけなのに。
　ダンスを見ているのにも飽きてくると、ボクがドロシーを家のなかに入れ、かわいいベッドがひとつ置いてある部屋に案内した。寝具もすべて青い色の布でつくってあって、ドロシーはそこで朝までぐっすり眠った。トトはベッドわきの青い敷物の上で身を丸めて眠った。
　朝食もたっぷり食べたあと、ちっちゃなマンチキンの赤ちゃんがトトと遊ぶのを見守った。赤ちゃんがトトのしっぽをひっぱって、キャッキャといいながら笑っているのが、とてもかわいい。この国の人たちがトトをめずらしそうな目で見るのは、だれも犬という動物を見たことがないからだった。
「エメラルドの都までどのぐらいかかりますか？」ドロシーはきいてみた。
「さあ、どうでしょう」ボクが気づかう口調でいう。「自分は行ったことがないんです。特別な用事でもないかぎり、オズには近づかないのがいいというのが、われわれの考えでしてね。都まで行くとなれば、長旅は覚悟して、何日もかかると見ておいたほうがいい。このあたりの土地は豊かで居心地もいいですが、目的地へ着くまでには、荒れ果てた危険な場所も通らねばなりません」
　ドロシーはちょっと心配になったけれど、カンザスに帰るためには、オズの大魔法使いに力を借りるしかないとわかっていたから、引きかえすことはしないと心を決めた。
　みんなにおわかれをいってから、また黄色いレンガ道を歩いていく。数キロ先まできたところで休憩にし、道のわきに立っている柵の上にのぼって、そこに腰をおろした。柵の向こうにはトウモロコシ畑が広がっていて、そう遠くないところにかかしがひとつ立っている。実ったトウモロコシを鳥に食べられないよう、高いさおの上から見張っているのだ。

　ドロシーは片手でほおづえをついて、かかしをじっくり観察した。頭は小さな麻袋にわらをつめたものでできていて、目、鼻、口をペンキで描いて顔らしくしてある。頭の上にちょこんとのせた青いとんがり帽子は、もとはマンチキンがかぶっていたものなのだろう。色あせた古い布を巻きつけた服もやっぱり青で、体にもわらがつまっている。足には折りかえしが青い、古いブーツ。これもこの国でみんながはいているのと同じだった。かかしは背中に通された1本のさおで高い位置にくくりつけられ、そこからトウモロコシ畑を見おろしていた。

ペンキで塗られたおかしな顔を食い入るように見つめていたドロシーが、突然きゃっと驚いた。かかしの片目がゆっくり閉じられ、ウィンクをしてきたのだ。最初は見まちがえだと思った。カンザスではかかしがウィンクをすることなどなかった。ところがこのかかしは、ウィンクばかりか、こちらに向かって親しげに会釈をしている。ドロシーは柵からおりてかかしに近づいていき、トトもワンワンほえながら、さおのまわりを駆けまわった。
「こんちわ」かかしがしゃがれ声でいった。
「えっ、話せるの？」ドロシーはびっくりしていった。
「もちろん。ごきげんいかが？」
「はい、いいです。ありがとう」ドロシーは礼儀正しく答えた。「あなたは？」
「よくないねえ」かかしがいって苦笑いをする。「こんなところにくくりつけられて、昼も夜もカラスを追いはらってる。もう、うんざりだよ」
「おりられないの？」ドロシーはきいた。
「うん。このさおが背中に通ってるからね。もしきみがおろしてくれたら、こんなにうれしいことはないんだけど」
　ドロシーは両手をのばしてかかしをひょいと持ちあげ、さおからはずした。わらがつまっているだけなので、とても軽い。
「いやあ、たすかった、たすかった」地面におろされるなり、かかしがいった。「生まれ変わったみたいだ」
　ドロシーはとまどうばかり。わらがつまっただけのかかしが言葉をしゃべり、こちらにおじぎをして、ならんで歩きだしたのだから。
「きみはだれ？」かかしは大きくのびをして、あくびをした。「これからどこへ行くの？」
「あたしはドロシー。エメラルドの都へ行って、魔法使いのオズに頼んでカンザスに帰してもらうの」
「エメラルドの都って？　オズって？」
「え、知らないの？」ドロシーは驚いた。
「うん、ぜんぜん。おいらはなーんにも知らない。だって、頭にはわらがつまってるだけで脳みそが入ってないから」悲しげにいった。
「まあ、それはかわいそう」
「あのさ、そのエメラルドの都へ行けば、オズに脳みそを入れてもらえるかな？」
「さあどうかしら。でも、よければいっしょに行きましょう。もし脳みそを入れてくれなかったとしても、いまより悪いことにはならないんだし」
「そりゃそうだ」そこでかかしは秘密を打ち明けるようにいう。「じつはさ、おいら、足も

## 第3章　ドロシー、かかしを助ける

　腕も胴体もわらがつまってるだけだから、痛いとかケガするとかないんだ。つま先を踏まれても、ピンで刺されても、どうってことない。何も感じないからね。ただ、なんにも知らないバカだっていわれるのはいやなんだ。けどさ、脳みそがつまっているきみたちの頭とはちがって、おいらの頭にはわらしかつまっていないんだ。どうしてそれで利口になれる？」

　「そうね、つらいわよね」心から同情してドロシーがいった。「もしいっしょに行くなら、できるかぎりのことをしてあげてくださいって、魔法使いのオズに頼んであげる」

　「そいつはありがたい」かかしがうれしそうにいった。

　それからみんなで道路にもどっていく。ドロシーはかかしに手を貸して柵を越えさせた。黄色いレンガ道におり立つと、またエメラルドの都めざして出発した。

　トトは最初、新しい仲間が気に食わないようだった。かかしのまわりをくんくんかぎまわって、わらのなかにネズミの巣でもあると思っているようだった。そうしてしょっちゅうかかしに向かって意地悪くほえてみたりする。

　「トトのことは気にしないでね」ドロシーがかかしにいう。「かまないから」

　「こわくないって。かまれても、わらだからぜんぜん平気。そのバスケット、持ってやるよ。大丈夫。疲れも知らない体だから。そうだ、秘密を教えてあげよう」歩きながら話を続ける。「そんなおいらにもこわいものがひとつだけある」

　「何？」ドロシーはきいた。「あなたをつくったマンチキンの農家の人？」

　「ちがうよ。火のついたマッチ」

── 第 4 章 ──

# 森をぬける道

## 第4章　森をぬける道

　数時間後、道はでこぼこになって非常に歩きにくく、かかしは何度も黄色いレンガの上でつまずいた。レンガ敷きの道といっても、このあたりはまったくいいかげんで、ひどいときにはレンガが割れていたり、完全になくなって穴があいていたりするところもあった。そういう部分は、トトならぴょんと飛び越し、ドロシーならよけて通るものの、脳みそのないかかしは何も考えずにそのまま穴に踏みこんで、堅いレンガの上にバサッと倒れてしまう。それでも痛くはないらしく、倒れるたびにドロシーがかかしを起こして、またもとのように立たせてやるあいだ、ああまたやっちゃったとケラケラ笑っている。

　このあたりの農場はそれ以前に通りかかった農場とちがって、あまり手入れがされていなかった。先へ行けば行くほど、家も果物を実らせる木々もめっきり減って、陰気でさびしくなっていく。

　お昼には道路わきの小川の近くに腰をおろした。ドロシーはバスケットをあけてパンを取り出し、かかしにも勧めたが、いらないといわれた。

　「おいらはおなかがすかない。それはありがたいことなんだ。だって口はペンキで描いただけだから、もし食べ物を口に入れるなら切り裂かなきゃいけない。そんなことをしたら、わらが外にこぼれちゃって、頭の形が悪くなる」

　なるほど、とドロシーはすぐ納得し、うなずいて自分だけパンを食べた。

　「きみの国の話をしてくれないか」ドロシーが食べ終わるとかかしがいった。それでカンザスについてくわしく話し、そこは何もかもが灰色で、自分はたつまきに運ばれてオズの治める見知らぬ国にやってきたのだと教えた。

　ドロシーの話に真剣に耳をかたむけていたかかしが、そこで口をひらいた。「わかんないなあ。どうしてきみはこの美しい国を出て、そのカンザスっていう、乾ききった灰色の場所へ帰りたいんだろう」

　「わからないのは、あなたに脳がないからよ。わらじゃなくて、肉と血でできた人間はみんな、どんなにさびしい灰色の町でも、自分のおうちで暮らしたいの。どんなに美しい国だって、おうちにはかなわないんだから」

　かかしがため息をついた。「そう、おいらにはわからない。でも、もしきみたちの頭にもわらがぎっしりつまっていたら、きっとおいらと同じようにするんじゃないかな。美しい場所で暮らして、カンザスには住まない。きみたちに脳みそがあって、カンザスは運がよかったよ」

「あなたの話をきかせて。ここで休んでいるあいだに」
　かかしはドロシーをうらめしそうな目でちらっと見た。
「おいらの人生はすごく短いから、何も知らない。ついおととい、つくられたばかりなんだ。その前に世界で何が起きたのか、なんにも知らない。この頭をつくったお百姓さんは、ありがたいことに最初に耳を描いてくれてね。それで話し声から、何が起きているのかわかったんだ。お百姓さんはふたりで話しているらしく、最初にきこえたのは、『耳はこれでいいかい？』って、相手にきく声だった。

すばらしいオズの魔法使い

『曲がってるよ』もうひとりが答えた。

『気にすんな。耳には変わりない』そう、たしかにおいらの耳はちゃんときこえてた。

『じゃあ、今度はあたしが目を描こう』そういって、もうひとりが右目を描きだした。仕上がったときには、おいらは相手の顔をまじまじと見ていて、それから興味しんしんであたりをぐるっと見まわした。それが世界を見た最初だった。

『かわいい目じゃないか。青いペンキがお似合いだ』見ていたほうがいうと、筆を持ってるほうが、『もう片方は大きくしよう』っていって、そっちの目も描きあげた。すると、それまで以上に世界がくっきり、はっきり見えてきた。それから鼻ができて、口もできた。けど、おいらはしゃべらなかった。そのときは、口って何につかうんだか、わかんなかったから。それで目をつかって、ふたりがやっていることを見て楽しんでた。胴体をつくり、そこに腕と足をくっつけ、とうとう最後に頭をくっつけてくれた。こっちはもう誇らしくてたまらない。これで自分も一人前の人間になったって思えた。

『こいつなら、カラスを一気に追っぱらってくれるよ。どこから見ても人間だ』

『本物そっくり』もうひとりがいい、おいらもそう思った。で、お百姓さんはおいらをわきにかかえて運び、高いさおの先にくくりつけてトウモロコシ畑に突っ立てた。きみが見つけてくれた、あの畑にね。それからすぐふたりは背を向けて歩きだした。おいらは、こんなところに置いていかれたんじゃたまらないと思って、ふたりについていこうとしたんだけど、足が地面につかない。それでそのまま、さおのてっぺんで暮らすことになったんだ。さびしい毎日だよ。考えごとをしようにも、まだできあがったばかりだから、何もわからないのさ。

トウモロコシ畑にはカラスや、ほかの鳥がたくさん飛んでくるんだけど、おいらを見るなり、またぱっと飛んで逃げていく。こっちをマンチキンだと思ってるんだ。それがうれしくてね。なんだか偉くなったみたいで。だけど、やがて世慣れた老カラスが近づいてきた。こっちの姿をしげしげと見たあとで、おいらの肩の上にぴょんとのってこういった。『お百姓はこんなもんで、わしをだませるとでも思ってるのかねえ。まともなカラスなら、わらがつまってるだけだってすぐわかる』

それからおいらの足元に舞いおりて、好きなだけトウモロコシを食べていった。そういう老カラスを見て、ほかの鳥たちもやってきてトウモロコシをついばみだして、気がつけばおいらは鳥の大群に囲まれていた。悲しかったよ。結局自分は役立たずのかかしなんだってわかったから。するとその老カラスが、おいらをなぐさめてこういった。

『その頭に脳みそがつまってさえいれば、あんただって一人前の人間どころか、上等な人間になれるのになあ。この世で生きていくのに、持っていて役立つのは脳みそだけ。そりゃもうカラスだって人間だって同じだよ』

40

## 第4章　森をぬける道

　老カラスが飛んでいったあと、そのことを何度も考えて、よし、それならなんとしてでも脳みそを手に入れようと思った。そうしたら運のいいことにきみがやってきて、さおからおろしてくれた。きみの話からすると、エメラルドの都に行けば、大魔法使いオズが脳みそをくれると思うんだ」

「そうだといいわね」ドロシーは心からそう思っていった。「そんなに必要なものなら」

「ほんとに必要なんだよ。自分はばかだって思うと、やりきれない」

「わかった。じゃあ、行きましょう」ドロシーはかかしにバスケットを渡した。

　ここまでくると道ばたの柵はなく、土地は荒れて畑もつくられていなかった。日暮れが近づいたころ、大きな森の前に出た。大木がびっしり生えて、重なり合う枝が、黄色いレンガ道の上空を覆っている。枝が日差しをさえぎっているので、あたりはずいぶんと暗い。それでもみんなは足をとめることなく、森の奥へと進んでいった。

「森に入る道は必ず出る」かかしがいった。「エメラルドの都は道の先にあるんだから、とにかくこの道を歩いていかなくちゃ」

「そんなこと、考えなくてもわかるわ」とドロシー。

「そうなんだ。だからおいらにもわかる。脳みそがなくちゃわからないことだったら、何もいえない」

　1時間かそこらすると、光はすっかり消えて、気がつくとみんなは真っ暗闇のなかを歩いていた。ドロシーには何も見えなかったが、トトには見える。犬のなかには暗闇でも目が利くものがいるからだ。かかしも昼間と同じように見えるというので、ドロシーはかかしの腕につかまり、なんとか転ばずに歩いていった。

「もし夜を過ごせそうな家やなんかがあったら教えてね。暗いなかをずっと歩いていくのは大変だもの」

　まもなくかかしが足をとめた。

「右手に小さな小屋があるよ。丸太や小枝でできてる。あそこに行ってみる？」

「うん、そうしよう。あたしもう、くたくた」ドロシーはいった。

　それでかかしは先に立って木立のなかをぬけていき、小屋に向かった。小屋に入るとドロシーは、すみのほうに乾いた木の葉を敷いたベッドを見つけた。その上に横になると、トトもすぐとなりで丸くなり、ふたりして、あっというまに眠ってしまった。かかしには疲れるということがないので、べつのすみに立って朝がくるのをしんぼう強く待った。

―― 第 5 章 ――
# ブリキのきこりを助ける

## 第5章　ブリキのきこりを助ける

　ドロシーが目を覚ますと、窓から木もれ日が差していた。トトはとっくに外に出ていて、そのへんにいる小鳥やリスを追っかけまわしている。ドロシーは起きあがって、あたりを見まわした。かかしがまだしんぼう強くすみに立って待っていた。
「外に出て水をさがしにいかないと」ドロシーはかかしにいった。
「水をどうするんだい？」とかかし。
「顔をきれいに洗うの。ほこりっぽい道を歩いてきたでしょ。それに、飲み水も必要よ。パサパサしたパンでのどをつまらせないように」
「わらじゃない体ってのは、めんどうなもんだね」かかしがしみじみという。「眠らなきゃいけないし、食べたり飲んだりしなくちゃいけない。けど、脳みそがあって、ちゃんと考えることができるんだから、それぐらいどうってことないんだろうな」
　ふたりが小屋を出て、また木立のなかを歩いていくと、きれいな水が湧き出る小さな泉があった。ドロシーはそこで水を飲み、顔を洗い、朝食を食べた。バスケットのパンはもうあまり残っていなかったので、かかしが何も食べなくていいのはありがたかった。自分とトトが今日一日をしのぐ、ぎりぎりの量しかない。食事を終えて、また黄色いレンガ道にもどろうとしたところで、すぐ近くから低いうなり声がきこえてきて、ドロシーはびっくりする。
「いまのは何？」こわくなってかかしにきく。
「さあなんだろう。行って見てみよう」
　ちょうどそのとき、またうなり声がして、どうやらそれはうしろからきこえているようだった。ふたりが回れ右してそのまま森を歩いていくと、木もれ日をあびて何かがぴかぴか光っているのが見えた。なんだろうと、そっちへ走っていったドロシーは、いきなりキャッとさけんで足に急ブレーキをかけた。
　大きな木の1本がとちゅうまで斧で切られていて、その横に全身ブリキでできた男が斧をふりあげて立っている。胴体につながる頭も腕も足も、ちゃんと曲がるようにできているのに、まったく動かせないようで、その姿勢のまま固まっている。
　ドロシーはぎょっとして男を見つめ、かかしも目をみはった。トトは激しくほえてブリキの足にかみついたが、歯を痛めただけだった。
「ねえ、いま、うなった？」ドロシーはきいた。

「うなった」ブリキのきこりがいった。「もうかれこれ1年以上もずっとうなり続けてる。なのにだれにも気づかれず、助けもこなかった」

「助けって、どうすればいいの？」ドロシーは優しくきいてみた。あんまり悲しそうな声で話すので、かわいそうになってきたのだ。

「油差しを取ってきて、関節に塗ってほしい。ガチガチにさびついてしまって、もうまったく動かせない。油さえしっかり差せば、また自由に動くんだ。油差しはわたしの小屋の、棚の上に置いてある」

ドロシーはすぐに小屋へ飛んでいった。油差しを見つけると、またもどってきて、心配そうにブリキのきこりにきく。「関節はどこ？」

「まずは首に」とブリキのきこりがいう。ドロシーは油を差してやったが、ひどくさびついているようで動かない。それでかかしが両手で頭を持ち、楽に動かせるようになるまで、キコキコと左右に少しずつ動かしてみる。やがてブリキのきこりは自分で頭を動かせるようになった。

「次は腕の関節に」きこりがいう。ドロシーがそこに油を差し、かかしがきこりの腕を慎重に曲げのばししてやる。やがてさびがすっかり取れ、新品のようになめらかに動くようになった。

ブリキのきこりは心からほっとしたようで、ふーっとため息をついた。ふりあげていた斧をおろし、木にたてかける。

「ああ、なんて楽なんだろう。さびついてしまってから、ずっと斧をふりあげっぱなしだったのが、ようやくおろすことができた。あとは足の関節だ。そこにも油を差してもらえれば、また好きなように動ける」

それで足にも油を差してやると、こちらもなめらかに動くようになり、きこりは何度も何度もお礼をいった。ずいぶん礼儀正しい性格のようで、動けるようになったことに心から感謝しているようすだった。

「きみたちが来てくれなかったら、わたしはずっとここに立ち尽くしていただろう。まさに命の恩人だ。でも、どうしてここを通りかかったんだい？」

「大魔法使いのオズに会いに、エメラルドの都へ行くとちゅうなの。それで夜のあいだ、あなたの小屋に泊めてもらいました」

「どうしてオズに？」きこりがきく。

「オズに頼んで、あたしはカンザスに帰してもらうの。かかしさんは頭のなかに少し脳みそを入れてもらうの」ドロシーは答えた。

ブリキのきこりは考えこむ顔になった。「ひょっとしてオズに、心を入れてもらえないだろうか」

「そうねえ、きっともらえるんじゃないかしら。かかしさんが脳みそをもらえるんなら」

「なるほど。じゃあ、もしよければ、旅の仲間に加えてもらえないかな。わたしもエメラルドの都に行ってオズに頼んでみたい」

「そりゃあいい」とかかしがうれしそうにいい、ドロシーも仲間が増えるのはうれしいといった。それできこりは斧をかつぎ、みんなで森をぬけていくと、やがて黄色いレンガ敷きの道に出てきた。

きこりはドロシーに、油差しをバスケットに入れて持っていってほしいと頼んだ。「もし雨がふってきたら、またさびてしまう。そうなったとき、油がないと大変だからね」

この旅にきこりが仲間入りしたのは、みんなにとって運がよかった。というのも、少し歩いたところで一行は、木々が枝をびっしり張りめぐらしているなかを通ることになったからだ。枝は道路にまで張り出していて、そのままでは通りぬけることができない。けれども、きこりが仕事にかかり、斧でてきぱきと枝を切っていくと、あっというまに全員が通りぬけられるだけの道が通じた。

ドロシーは考えごとをしていたので、かかしが穴につまずいて道のはしまでコロコロ転がっていったのに気づかなかった。かかしは助け起こしてもらおうとドロシーを呼んだ。

「どうして穴をよけて歩かないんだ？」ブリキのきこりがきいた。

「そこまで頭がまわらない」かかしが明るくいう。「ほら、おいらの頭にはわらしかつまってないから。それでオズに頼んで、脳みそを入れてもらおうってわけさ」

「ああ、なるほど。だけど、脳みそが何より大事ってこともない」

「きみにはあるの？」かかしがきいた。

「いや、わたしの頭はからっぽだ。前はあったんだ。心もね。両方あったからわかるんだが、わたしは心のほうが大事だと思う」

「えっ、どうして？」

「まあ、話をきいてくれれば、わかると思う」

そういうわけで、森のなかを歩きながら、みんなはブリキのきこりの身の上話をきくことになった。

「わたしは森で木を切り、それを売って生活する、きこりの息子として生まれた。大人になると自分もきこりになって、父親が亡くなると、老いた母親のめんどうをずっと見た。しか

## 第5章　ブリキのきこりを助ける

しその母親も亡くなると、結婚しようと心を決めた。そのほうがひとりで暮らすよりさびしくないと思ってね。

　それからわたしは、とてもかわいいマンチキンの女の子と出会い、その子のことが心から好きになった。その子は、いまより立派な家を建てられるぐらいわたしがお金を稼げるようになったら、すぐ結婚してもいいと約束してくれた。それをきいてわたしは、これまでにないほど一生懸命に働いた。

　でもその子といっしょに暮らしている老婆は、娘に結婚してほしくなかった。というのも、この老婆がとんだなまけ者でね。いまの家に自分といっしょに残って、娘に料理や家事をやってほしかったんだ。それで老婆は東の悪い魔女のところへ行って、もし娘が結婚しないようにしてくれたら、ヒツジ2頭と牛1頭を渡すと約束した。東の悪い魔女はこれをききいれ、わたしの斧に魔法をかけた。

　わたしのほうはできるだけ早く、新しい家と妻が欲しかったから、力いっぱい斧をふるっていたんだが、その斧がある日突然、手からすべり出て、わたしの左足を切り落とした。

　大変なことになったと、最初はそう思った。1本足ではきこりの仕事はうまくいかない。それでブリキ職人のところへ行って、新しい足をブリキでつくってもらったんだ。できあがった足はすこぶる調子がよくてね、慣れてしまえばこっちのものだった。

　けれどこれを知った悪い魔女が腹を立てた。マンチキンの娘とわたしを結婚させないと老婆に約束したわけだからね。それから仕事を再開したところ、また斧が手からすべり出て、今度は右足を切り落とした。それでまたブリキ職人のところへいって、もう1本ブリキで足をつくってもらった。このあとも、魔法をかけられた斧はわたしの腕を左右続けて切り落としたんだが、こっちはもう動じない。ブリキの腕をつくってもらえばいいだけだから。

　悪い魔女はまた斧に魔法をかけ、斧はわたしの頭を切り落とした。ああ、これでわたしはおしまいだと思ったんだが、そこへブリキ職人がたまたま通りかかって、新しい頭をブリキでつくってくれた。

　さすがにもう悪い魔女も懲りただろうと思い、わたしはこれまで以上に一生懸命、働いた。けれどわたしは敵の残酷さをあなどっていた。魔女は、美しいマンチキンの娘を思う、わたしの恋心を消すことを考えたんだ。手からすべり出た斧は、わたしの胴体をすぱっと半分に切ってしまった。

　今度もブリキ職人が助けにやってきて、わたしの胴体をブリキでつくり、その胴体に、可動式の金具をつかってブリキの腕と足と頭をつないでくれ、また以前のように自由に動けるようになった。ところが、ああ！　悲しいことに、わたしには心がない。その結果、マンチキンの娘を恋しく思うこともなくなって、その子と結婚しようがするまいが、どうでもよく

### 第5章 ブリキのきこりを助ける

なった。おそらくあの子はまだ老婆と暮らしていて、わたしがやってくるのを待っているだろう。

それからは、日差しを浴びてきらきら輝く、自分の体がとても誇らしかった。たとえ斧がすべり出ても、もうどこも切り落とす心配はない。危険はただひとつ——関節がさびやすいということ。それで小屋に油差しを常に置いて、必要になるとすぐに油を差すようにした。

ところがある日、油を差すのを忘れ、そんなときに暴風雨に見舞われた。関節がさびてしまったかもしれないと気づいたときには、もう動けなくなって森の中に立ち尽くしていた。きみたちが助けにくるまでずっと。

それはもうほんとうにおそろしい体験だったけど、1年ほども時間があったから、ずっと考えていた。失っていちばんつらかったのはなんだろうってね。それは心だって思ったよ。恋をしているときは、この世界でいちばん幸せな人間だった。だけど心がなければ愛せない。だから、オズに頼んで心を入れてもらおうと決めた。そうして心を入れてもらったら、マンチキンの娘のところへ行って結婚しようと思う」

ブリキのきこりの話を興味しんしんできいていたドロシーとかかしは、どうして彼がそれほど心が欲しいのか、よくわかった。そこでかかしがいう。

「それでも、おいらはやっぱり心じゃなくて、脳みそをいれてもらうよ。だって頭をつかえないなら、心のつかいかただってわからないから」

「わたしは心だ」ブリキのきこりがいいかえす。「頭をつかっても幸せにはなれない。世界でいちばんすばらしいのは、幸せだからね」

ドロシーは何もいわない。どちらのいうことが正しいのか、さっぱりわからなかったからだ。自分がカンザスに帰ってエムおばさんのところへもどれさえすれば、きこりが脳みそを持っていなくても、かかしが心を持っていなくても、あるいはそれぞれに欲しいものが手に入っても、どっちでもいい気がした。

今いちばんドロシーが心配しているのは、パンをほぼ食べ尽くしてしまったことだった。次の食事で自分とトトが食べてしまったら、バスケットは空になるとわかっていた。きこりとかかしは何も食べなくていいだろうけど、ドロシーはブリキやわらでできてはいないので、食べなければ生きていけないのだ。

── 第 6 章 ──

# 弱虫ライオン

★★★★
## 第6章 弱虫ライオン

　ドロシーと旅の仲間たちは、うっそうとした森を進んでいった。ここでも道には黄色いレンガが敷かれていたけれど、乾いた小枝や落ち葉に覆われていて、歩きやすいとはいえない。
　このあたりの森には鳥の姿もめったに見られなかった。鳥というのは日差しのあふれる広々とした場所が好きなのだ。けれど、ときどき低いうなり声がきこえてきて、木立のなかに野生の動物が隠れているらしいのがわかる。正体がわからないだけに、それを耳にするとドロシーは心臓の鼓動が速くなった。ところがトトはうなり声の主がだれか知っているようで、ドロシーのわきにぴたりとついて歩き、ほえかえすこともしなかった。
　「この森をぬけるまで、あとどのぐらいかかるの？」ドロシーはブリキのきこりにきいた。
　「どうだろう。わたしはエメラルドの都には行ったことがないんだ。ただ父親はまだわたしが子どものころに一度行っている。長い道のりで、とちゅう危険な場所をいくつも通るんだが、オズが住んでいる都に近づくと景色は美しくなるらしい。まあわたしは油差しさえあれば何もこわくないし、かかしは傷つくこともない。きみはひたいに、よい魔女のキスを受けたしるしがあるから危険から守ってもらえる」
　「でもトトがいるじゃない！　トトはどうやって守ったらいいの？」ドロシーが心配そうにいう。
　「危険な目にあったら、みんなで守るんだ」と、ブリキのきこりがいったそのとき、森からおそろしいほえ声が響き、次の瞬間、大きなライオンが勢いよく道におどり出た。ライオンが前足をさっとふっただけで、かかしは飛ばされて、くるくる回転しながら道のはしへ転がった。ブリキのきこりは鋭い爪を受けて、道ばたに倒れて動かなくなったものの、ブリキの肌には傷ひとつつかず、ライオンは驚いている。
　敵が現れたと見て、小さなトトがほえながらライオンに向かっていった。大きな獣は犬をかもうと口をあけた。トトが殺されると思い、ドロシーは危険をかえりみず飛び出していって、ライオンの鼻を力いっぱいひっぱたいた。
　「よくもトトをかもうとしたわね！」ドロシーは泣きながらさけぶ。「そんな大きななりをして、弱くて小さい犬をかもうとするなんて、恥ずかしいと思わないの！」
　「かんじゃいないよ」ライオンはいって、ドロシーにひっぱたかれた鼻を前足でさする。
　「でも、かもうとしたじゃない。あんたなんて、なりばかり大きい弱虫よ」
　「そうなんだ」ライオンはいって、恥ずかしそうにうなだれた。「そんなことは昔からわかってる。だからって、どうすりゃいい？」

「知らないわ。わらのつまった人を襲うなんて。かかしさんがかわいそうじゃない！」
「わらのつまった人？」ライオンがびっくりしてきいた。見ていると、目の前の女の子はかかしを助け起こし、体のあちこちをぽんぽんたいて、くずれた形をととのえている。
「そうよ、中身はわらなんだから」まだドロシーは怒っている。
「それで、あんなに簡単に飛んでったのか」とライオン。「くるくるまわったもんだから、びっくりしたよ。もういっぽうのやつも、やっぱり、わらかい？」

「ちがうわ。きこりさんはブリキでできてるの」そういってドロシーは、ブリキのきこりも助け起こしてやる。

「危うく爪がだめになるところだった。ひっかいたときの、あのいやな音。背すじがぞーっとしたよ。それで、きみが大事にしている、そっちの小さい動物はなんだい？」

「あたしの犬、トトよ」

「そっちもブリキか、それとも、わらかい？」

「どっちでもない。トトは——に、に、肉でできてるの」

「なるほど。めずらしい生き物だが、あらためて見てみれば、びっくりするほど小さいな。こんなに小さな生き物をかもうなんて思うのは、おれのような弱虫だけだろう」ライオンが悲しそうにいう。

「どうして弱虫なの？」ドロシーは不思議でならない。相手は体が大きくて、小さな馬ぐらいあるのだ。

「さあねえ」とライオン。「そういうふうに生まれついたんだろう。おれ以外の森の獣たちはみんな、当たり前のように、おれが勇敢だと思ってる。ライオンはどこにいたって百獣の王だからな。大声でほえれば、たいていの生き物はおびえて逃げていく。だが人間と出くわすたびに、おれはものすごくこわい思いをする。しかしこれもひと声ほえてやるだけで、決まって一目散に逃げていく。ゾウやトラやクマと出くわしたら、弱虫のおれのほうが逃げるべきなのに、おれのほえ声をきいたとたん、向こうが逃げようとする。もちろんそのまま逃がしてやるけどな」

「そんなのへんだ。百獣の王が弱虫なんかじゃいけないよ」とかかし。

「だよな」ライオンはそういうと、しっぽの先で涙をぬぐった。「それがいちばんの悩みでね。おかげでみじめな毎日を送ってる。危険が迫っていると感じるたびに、心臓がドキドキするんだよ」

「ひょっとして心臓の病気では？」ブリキのきこりがいう。

「かもな」とライオン。

「だとしたら喜ぶべきだ。きみには心臓、つまり心があるという証拠だから。わたしは心臓がないから、心臓病にだってなりはしない」

「そういうもんかねえ。だが心がなかったら弱虫にもならないんじゃないか」

「脳みそはあるの？」かかしがきいた。

「たぶんな。見たことはないが」とライオン。

「おいらは脳みそを少し入れてもらいたくて、それで偉大なオズに頼みにいくんだよ。この頭にはわらがつまってるだけだから」

「わたしは心を入れてもらう」ときこり。

「あたしはトトといっしょにカンザスに帰してもらうの」ドロシーもいった。

「オズは、おれに勇気をくれるかな？」弱虫ライオンがきいた。

「おいらに脳みそをくれるのと、そう変わんないじゃないかな」とかかし。

「わたしに心をくれるのといっしょだろう」とブリキのきこり。

「あたしをカンザスに帰してくれるのときっと同じよ」とドロシー。

## 第6章　弱虫ライオン

「じゃあ、きみたちさえよければ、おれも旅の仲間に加えてほしいなあ。勇気のかけらも持たずに生きるのは、あまりにみじめだ」

「喜んで仲間にむかえるわ」とドロシー。「あなたがいれば、ほかの獣は近づいてこないし。だけど、あなたをこわがってあっさり逃げていく獣は、あなた以上に弱虫な気がするけど」

「実際そうかもしれない。だからといって、おれが勇敢だということにはならない。自分は弱虫だと思っているうちは、ぐちぐち悩んでばかりだ」

それで旅の仲間はふたたび出発した。ライオンはドロシーのわきを堂々と歩いている。トトは最初、この仲間をこころよく思わなかった。あの大きなあごでかみつぶされるところだったのだから当然だ。けれども少しすると落ち着いて、まもなくトトと弱虫ライオンは大の仲良しになった。

そのあとはこれといって危険な目にあうこともなく一日が終わった。実際、事件といえば、道ばたを歩いているカブトムシをブリキのきこりが踏んで、小さな生き物の命を奪ってしまったことぐらいだった。きこりはこれをひどく気に病んだ。どんな生き物も傷つけないよういつも気をつかっていたというのに、悲しいやら、くやしいやらで、道を歩きながら涙がぽろぽろこぼれてくる。顔をゆっくり流れ落ちる涙はあごの関節をぬらし、まもなく上と下のあごが完全にさびついてしまった。

ドロシーに何かきかれても口があかない。それぐらいガチガチにさびついている。きこりは急におそろしくなり、口があかないことを身ぶり手ぶりで必死になってうったえた。しかしドロシーにはさっぱりわからない。ライオンもわけがわからず首をかしげている。

そんななか、かかしがドロシーのバスケットから油差しを取り出し、きこりのあごに油を差してやったので、まもなくきこりはもとのように話せるようになった。

「これからはもっと気をつけないといけないな。足を踏み出す先に何があるか、ちゃんとたしかめて歩こう。もしまた小さな虫なんかを殺してしまったら、ぜったい泣くだろうし、泣けばあごがさびついて、しゃべることができなくなってしまう」

それからきこりはつねに道に目をくばり、細心の注意を払って歩くようになり、小さなアリが1匹せっせと働いているのが目に入れば、傷つけないよう、ひょいっとまたぐのだった。自分に心がないことをよくわかっていたので、相手がだれであろうと、残酷なことをしたり、いやな気持ちにさせたりしないよう、気をつけている。

「きみたちは自分の心に従えば悪いことはしないだろうが、わたしにはその心がないのだから、極力気をつけないといけない。もちろん、オズから心をもらったら、そこまで気をつかわないでもよくなるんだが」

― 第 7 章 ―

# 偉大なオズの都へ

## 第7章　偉大なオズの都へ

その夜は森の大きな木の下で寝ることになった。近くに家は1軒もなかったからだ。その木は枝葉がみっしり茂っているので、露にぬれる心配もない。それにきこりが斧をつかって薪の山をつくってくれたので、ドロシーは火をたいて体を温め、心細さも少しやわらいだ。けれどトトといっしょに最後のパンを食べてしまったので、明日の朝食はどうしたらいいかわからない。そこでライオンが提案した。

「もしよければ、森の奥へ入ってきみのためにシカを1匹しとめてくるよ。それを火でこんがり焼けばいい。火を通した肉を好むのは人間のまったくおかしなところだが、シカを焼けばぜいたくな朝食にありつける」

「やめてくれ！　頼むからそんなことはしないでくれ」ブリキのきこりがいう。「もしきみがかわいそうなシカを殺したら、わたしは必ず泣いて、また、あごをさびつかせてしまう」

それでもライオンは森の奥へ入っていって自分の夕食をすませた。何を食べたのかはだれも知らない。ライオンがいわなかったからだ。それからかかしが、木の実をぎっしり実らせた木を見つけ、これだけあれば当分ひもじい思いをせずにすむほど、たくさんの木の実をドロシーのバスケットに集めた。

ずいぶん親切で、よく気が回ると、ドロシーは感心したけれど、かかしが木の実をとるようすには大笑いした。わらのつまったふっくらした手で、小さな木の実を集めるのは大変で、バスケットに入る数と同じぐらい、地面に落としている。

けれどもかかしはバスケットをいっぱいにするのに、どれだけ時間がかかろうとかまわない。むしろそのあいだ、たき火から離れていられるのだから都合がよかった。火花が飛んできてわらが燃えてしまうのが何よりこわかったのだ。それでたき火からはずっと離れていて、ドロシーが眠ろうと横になったときだけ、木の葉をかけてやるためにそちらへ近づいていった。木の葉のふとんはぬくぬくと暖かく、ドロシーは朝までぐっすり眠った。

夜が明けて日が差してくると、ドロシーはさらさら流れる小川で顔を洗い、それからまたすぐエメラルドの都めざして、みんなで歩きだした。

この日の旅は波乱に富んでいた。歩きだして1時間もしないうちに、目の前の地面に大きな裂け目が現れた。道を横切って走る裂け目は、森をまっぷたつに分断しており、向こう側との距離もずいぶんひらいている。手前までそろそろと近づいて下をのぞいてみると、おそろしいほど深く、底のほうにはぎざぎざした大岩がたくさん転がっていた。裂け目の底まで

おりようにも、切り立った崖をおりるのと変わらず、どだい無理な話だった。一瞬、ここで旅をあきらめるしかないように思えた。
「どうしよう？」ドロシーが絶望した声でいった。
「これはどうにも」とブリキのきこりはいい、ライオンもわからないというように、ぼさぼさのたてがみをふって、考えこむ顔になった。
　ここでかかしが口をひらいた。「おいらたちは飛べないよね。こんな深い裂け目におりていくのも無理だ。となると、飛び越えるか、ここであきらめるかだ」
「おれは飛び越えられそうだ」弱虫ライオンが頭のなかで慎重に距離をはかっていった。
「それなら問題は解決だ。ライオンさんがひとりずつ背中に乗せて運んでいけばいい」
「なるほど、やってみようじゃないか」とライオン。「だれが最初に行く？」
「おいらが行く」かかしがきっぱりいった。「だって、ドロシーを乗せていって、もし飛び越えられなかったら死んじゃうだろうし、きこりさんは下の岩に当たって体が大きくへこんじゃう。けど、おいらだったら、どうってことない。落ちても死なないから」
「落ちるなんて、おれがこわいよ」と弱虫ライオン。「しかしほかにどうすることもできないな。さあ、じゃあおれの背中に乗ってくれ。ひとつやってみよう」
　かかしがライオンの背中に乗った。ライオンは裂け目のへりまで歩いていって、そこにしゃがんだ。
「どうして助走をつけて飛ばないの？」かかしがきく。
「ライオンはそういうことをしないんだ」そういうとライオンは、力強い跳躍を見せてひらりと飛びあがり、裂け目の向こう側に無事着地した。ずいぶん簡単そうにやってのけたので、みんな大喜びだった。ライオンはかかしを背中からおろすと、ふたたび裂け目を飛び越えてこちら側にもどってきた。
　今度は自分の番だとドロシーは思い、トトを腕に抱いてライオンの背中にはいあがると、片手でたてがみにしっかりつかまった。とたんに体がふわりと浮きあがり、空を飛ぶような感じがしたものの、気がつけばもう向こう側に着いていた。それからライオンはまたもどっていって、今度はブリキのきこりを背に乗せて運んだ。全員が渡りきると、しばらくみんなでその場にすわり、ライオンを休ませる。何度も大きく跳躍したライオンは、まるで長いこと走りつづけた大きな犬のように、はあはあ息を切らしていた。
　こちら側の森は樹木がこんもりと茂っていて、暗くて陰気そうだった。ライオンが十分休んだところで、またみんなは黄色いレンガ道をだまって歩きだした。いったいいつになったらこの森をぬけて明るい日差しの下に出られるのだろうと、それぞれに思っている。そんなときに、森の奥から奇妙な音が響いたものだから、ますます不安になった。このあたりには

## 第7章 偉大なオズの都へ

　カリダーが住んでいるんだとライオンがみんなにささやく。
　「カリダーって？」ドロシーがきいた。
　「体がクマで頭がトラの大きな獣だ」とライオン。「驚くほど長い先のとがった爪で、おれなんかまっぷたつに引き裂かれてしまう。おれがトトをやるのと同じぐらいあっさりとね。あれほどこわいものはない」
　「それはそうでしょう」とドロシー。「想像しただけで、おそろしいもの」
　ライオンがそれに答えようとしたところ、ふいにみんなの前に、また深い裂け目が立ちはだかった。今度は幅も深さもさっきよりずっとあって、飛び越えるのは無理だとライオンにもすぐわかった。さてどうしたものかと、みんな腰をおろしてじっくり考えていると、かかしが口をひらいた。
　「あそこに大きな木がある。ほら、裂け目のへりに立っている。あれをきこりさんが切り倒して向こう側に渡せば、みんな簡単に渡れるよ」
　「それはすごいアイディアだ」とライオン。「一瞬、おまえの頭にはわらじゃなくて脳みそがつまっていると錯覚したよ」

きこりはさっそく仕事にかかった。斧の刃が鋭いこともあって、あっというまに半ば過ぎまで切れた。そこでライオンがたくましい前足で力いっぱい木を押す。巨木がゆっくりとかたむき、大きな音を立てて倒れると、てっぺんが向こう岸に着地して橋になった。
　この急ごしらえの橋を渡りはじめたところで、鋭い鳴き声があたりに響き、みんないっせいに顔を上げた。おそろしいことに、体がクマで頭がトラの大きな獣2頭が、こちらに向かって駆けてくる。
「あれがカリダーだ！」弱虫ライオンはいい、たちまちガタガタふるえだした。
「急げ！」かかしがいう。「みんな渡ってしまうんだ」
　それでドロシーがトトを腕に抱いて先頭を走り、それに続いてブリキのきこり、そのあとにかかしが続いた。ライオンはおそろしくてならなかったが、それでもカリダーに正面から立ち向かってほえた。耳をつんざくような大きなほえ声があたりいっぱいに響きわたった。ドロシーは悲鳴をあげ、かかしはあおむけに倒れ、こわいものなしのはずの大きな獣2頭もぎくりと足をとめ、ぎょっとした顔でライオンを見つめている。
　しかし、ライオンより自分たちのほうが体は大きく、2対1で数でも勝っていることを思い出すと、カリダーはふたたび突進してきた。
　ライオンはすでに木の橋を渡りきっていたが、敵の動きが気になってふりかえった。カリダーもためらうことなく木を渡りだしていた。ライオンはドロシーに向かっていう。「こっちの負けだ。やつらは鋭い爪でおれたちをずたずたに引き裂く。みんなおれのうしろに隠れていろ。生きているかぎりおれは戦う」
「ちょっと待って！」かかしがいう。どうするのがいちばんいいのかずっと考えて、裂け目に渡した木のこちら側に近い部分を切るよう、きこりに頼んでいた。きこりはすぐに斧をふるい、カリダーが木を渡りきる寸前ですぱっと切って落とした。切られた木は、歯をむきだしたみにくい獣2頭を道連れに、ものすごい音を立てて裂け目に落ち、底に散らばるとがった岩で、2頭はずたずたになった。
「助かった」弱虫ライオンはほっとして長いため息をついた。「これであともう少し長生きができる。ありがたいことだ。生きていないというのは、まちがいなく居心地が悪いからな。あんまりおそろしかったから、まだ心臓がドキドキいってるよ」
「いいなあ」ブリキのきこりが悲しそうにいう。「わたしにもドキドキいう心臓があったらなあ」
　こんなことがあったものだから、みんなは早く森から出ようとあせり、必死に足を速めた。ドロシーは疲れてしまい、ライオンの背に乗せてもらうことになった。うれしいことに、先へ進めば進むほど木はまばらになり、午後にはふいに大きな川の前に出た。目の前の速い流

## 第7章　偉大なオズの都へ

れを越えた先から、黄色のレンガ道は美しい風景のなかをぬって続いている。緑の草地が広がるなかに鮮やかな色の花が点々と咲いており、おいしそうな果実を実らせた木々が道ぞいにずらりとならんでいる。目の前に広がるなんとも美しい光景をみんなは大いに喜んだ。

「どうやって川を渡ればいいの？」ドロシーがきいた。

「簡単だよ」かかしがいった。「きこりさんにいかだをつくってもらえば、それに乗って向こう岸へ渡れる」

それできこりはいかだをつくるために小さな木を切り倒しにかかった。そのあいだにかかしは、果実をたわわに実らせた木を川岸に見つけた。一日じゅう木の実ばかり食べて飽き飽きしていたドロシーは大喜びで、熟した果実をたっぷりおなかに入れた。

しかしいかだづくりには時間がかかる。たとえ懸命に働く、疲れを知らないブリキのきこりであってもそうで、夜になっても仕事は終わらなかった。それでみんなは木立の下に居心地のよい場所を見つけ、朝がくるまでぐっすり眠った。ドロシーはエメラルドの都と、よい魔法使いオズが出てくる夢を見た。夢のなかのオズはすぐにドロシーを家に帰してあげようというのだった。

― 第 8 章 ―

# 命とりのポピー畑

★★★★
第8章　命とりのポピー畑

朝になって目覚めたときには、旅のみんなは気分すっきり、希望に胸をおどらせていた。ドロシーはまるでお姫さまのように、川のそばに生える木々からモモやプラムをもいで朝食にした。背後には、危険な目に何度もあいながら無事切りぬけてきた暗い森があり、目の前に広がる日差しのさんさんとふりそそぐ美しい場所は、エメラルドの都へ差し招いているようだった。

　たしかに川が行く手をはばんでいたが、もうすぐいかだができあがる。もう数本、きこりが丸太を切って、それらを全部、木くぎでつないだところで準備がととのった。

　ドロシーはいかだのまんなかにすわってトトを腕に抱いた。ライオンが乗ると、いかだはひどくかたむいた。なにしろ体が大きくて重い。けれどもかかしときこりが反対側に乗るとつりあいがとれ、それぞれ手にした長いさおをつかって、みんなでいかだを川へ押し出した。

　最初はじつに順調だったのが、川のなかほどまで出たところで、いかだは急流にさらわれて下流へ流され、黄色いレンガ道からどんどん離れていった。川はずいぶんと深く、長いさおも川底に届かない。

「まずいぞ」ブリキのきこりがいう。「向こう岸に上陸できずにこのまま流されていくと、西の悪い魔女の国へ運ばれてしまう。そうなったら魔法をかけられて奴隷にされる」

「そうして、おいらは脳みそをもらえない」とかかし。

「そうして、おれは勇気をもらえない」とライオン。

「そうして、わたしは心をもらえない」ときこり。

「そうして、あたしはもう二度とカンザスへもどれない」ドロシーもいった。

「やっぱりどうしたって、エメラルドの都へ行かなきゃ」かかしがいって、長いさおを力いっぱい川底に突き立てたところ、泥にはまってぬけなくなった。なんとかしてぬこうとしているうちに、いかだはさっと川を流れていってしまい、かわいそうに、かかしはさおにしがみついたまま川のまんなかに取り残されてしまった。

「さようなら！」かかしは大声でいう。みんなはかかしを残していくのがとてもつらかった。ブリキのきこりは泣きだしたものの、さびてしまうことを思い出して、ドロシーのエプロンで涙をふいた。

　もちろんかかしにとってはとんだ災難だった。

「ドロシーと出会ったときよりひどいや」とかかしは思う。「あのときもさおを支えに立っ

てはいたけど、トウモロコシ畑のまんなかなら、少なくともおいらはカラスをおどかしているんだって、そう思えたもんな。けど、川のまんなかに立ってるんじゃ、まったくの用なしだ。結局脳みそをもらうなんて、夢のまた夢ってわけだ！」そのあいだにもいかだはどんどん川をくだって離れていき、かわいそうに、かかしはどうすることもできない。

「おいおい、このままじゃ、こっちもまずいぞ」ライオンがいう。「おれが泳いで、いかだをひっぱっていけるかもしれん。しっぽにしっかりつかまっててくれ」

## すばらしいオズの魔法使い

　そういうと川にバシャンと飛びこみ、ブリキのきこりがそのしっぽをがっちりつかんだ。ライオンは全力をふりしぼって岸をめざして泳いでいく。大きな体をしているとはいえ、これは大変な仕事だった。それでもいかだはだんだんに急流からぬけ出し、ドロシーもきこりの持っていた長いさおをつかって、いかだを岸に寄せようとがんばった。

　ようやく岸にたどりついたときには、みんなもうぐったりしていた。青々とした美しい芝生の上にあがって見てみれば、エメラルドの都に通じる黄色いレンガの道から遠く離れてしまっているとわかった。

　「さて、どうしたものかな」きこりがいう。ライオンは草の上に寝そべって、体を日に当てて乾かしている。

　「なんとかして、レンガ道にもどらないと」とドロシー。

　「川岸にそってずっと歩いていくのが、いちばんいいんじゃないか。そのうち道に行き当たる」ライオンがいった。

　それで休憩のあと、ドロシーはバスケットを手に取り、またみんなで川岸にそって歩きだした。ずいぶん川に流されてしまったので、黄色いレンガ道までかなり歩いてもどらないといけない。しかしそのあいだの景色はすばらしかった。たくさんの花や果樹が目に飛びこんでくるし、ふりそそぐ日差しから元気ももらえる。ひとり置いてきてしまった、かわいそうなかかしのことがなかったら、みんなうきうきしながら歩けるはずだった。

　みんなわきめもふらずに早足で歩くなか、ドロシーは一度だけ足をとめて、きれいな花をつんだ。しばらくして、きこりが大声をあげた。「みんな見ろ！」

　全員が川に目をやると、そのなかほどにかかしがぽつんと立っていた。さおにしがみついて、なんともさびしく悲しそうだ。

　「どうにかして助けられないものかしら？」ドロシーがいった。

　ライオンときこりは首を横にふる。何も思いつかなかった。川岸に腰をおろし、せつなげにかかしをじっと見つめていると、コウノトリが1羽飛んできて、すわっているみんなを見て、自分も水ぎわで休もうと舞いおりてきた。

　「あなたたち、だあれ？　どこへ行くの？」コウノトリがきく。

　「あたしはドロシー。こちらはお友だちのきこりさんと、ライオンさん。みんなでエメラルドの都へ行くの」

　「なら、こっちじゃないわよ」コウノトリは長い首をねじり、おかしな集団に鋭い目を向けた。

　「わかってるわ。ただ、かかしさんが取り残されちゃって、どうしたら助けられるか考えていたの」

## 第8章　命とりのポピー畑

「取り残されたって、どこに？」
「向こうの川のなか」ドロシーが教えた。
「そんなに大きくなくて、重くもなければ、あたしが運んでやってもいいけど」
「ちっとも重くないの」ドロシーが勢いこんでいった。「わらがつまってるだけだから。もしここまで運んできてくれたら、ものすごくありがたいんだけど」
「なるほど、じゃあやってみるわ」とコウノトリ。「でも重すぎて運べないようだったら、また川に落っことすわよ」
　それだけいうと、大きな鳥は空へ舞いあがり、かかしがさおにつかまっている川の上空まで飛んだ。それから大きな爪でかかしの腕をつかむと、そのまま空を飛んでドロシーとライオンときこりとトトのすわっているところまで運んできた。

すばらしいオズの魔法使い

　ふたたび仲間のもとへもどれたかかしは、あんまりうれしいものだから、全員をぎゅっと抱きしめ、ライオンやトトまで抱きしめた。それからまたみんなは出発し、すっかり有頂天のかかしは、1歩ごとに「トル・デ・リ・デ・オー！」と歌いながら歩いていった。
　「このままずっと川にいることになるのかって、ぞっとしたよ」かかしがいう。「けど、あの親切なコウノトリが助けてくれた。もし脳みそをもらったら、あのトリを見つけて、何かお返しをしなくっちゃ」
　「べつにいいのよ」みんなのわきを飛んでいたコウノトリがいった。「だれか困ってると、ほっとけないの。でももう行かなくちゃ。巣で赤ちゃんが待ってるから。エメラルドの都に無事着いて、オズに助けてもらえるよう祈ってるわ」
　「ありがとう」ドロシーがいうと、親切なコウノトリは空に舞いあがり、すぐに見えなくなった。
　みんなは色鮮やかな鳥のさえずりを耳に、美しい花を目にしながら歩いていく。花の数はどんどん増えていき、そのうちカーペットを敷きつめたように、あたり一面花に覆われている場所に出てきた。黄色や白や青や紫の大きな花が咲くなか、真っ赤なポピーが群生している一角があって、それがもうあまりに目に鮮やかで、ドロシーはめまいを起こしそうだった。
　「きれいだと思わない？」そういって、鮮やかな色の花の、ぴりっとした香気を吸いこんだ。
　「きれいなんだろうね」とかかし。「もしぼくが脳みそをもらったら、そのよさがわかるんだろうな」
　「もしわたしに心があれば、その花を愛せるだろうに」とブリキのきこりもいう。
　「おれは昔から花は好きだった」とライオン。「なんともたよりなげで、はかなく見える。だが森には、ここまで鮮やかな色の花はなかったぞ」
　行けば行くほど、大きくて真っ赤なポピーがどんどん幅をきかせて、それ以外の花はめっきり減っていき、気がつけばみんなは、広大なポピー畑のまんなかに立っていた。この花の香気は極めて強く、群生しているなかで息をしていると、だれでも眠りに落ちてしまい、放っておくと永遠に眠りつづけるというのは、よく知られたことだった。
　けれどもドロシーはそれを知らなかった。そこらじゅうに咲いている鮮やかな赤い花から逃れることができず、まもなく目がとろんとしてきて、腰をおろして眠らずにはいられない

## 第8章　命とりのポピー畑

気分になってきた。
　このままではまずいとブリキのきこりが気づき、「暗くなる前に、急いで黄色いレンガ道にもどらないといけない」というと、かかしもこれに賛成した。それでみんなは歩きつづけたが、まもなくドロシーが立っていられなくなった。知らないあいだに目が閉じて、どこにいるのかもわからなくって、ポピーのあいだに倒れてぐっすり眠ってしまった。
　「まずいな、どうしよう」とブリキのきこり。
　「ここに置いておいたら死んじまうぞ」とライオン。「この花の匂いをかぎつづければ、みんな死んじまう。このおれだって、やっとのことで目を開けてるんだ。犬なんかもう寝てるぞ」
　実際そのとおりで、すでにトトも小さな女主人のわきでぐっすり寝入っていた。けれどもかかしときこりは生身の体ではないので、花の匂いには影響されなかった。
　「今すぐ走って」かかしがライオンにいう。「できるだけ早く、この命とりの花畑から出ていってよ。小さなドロシーなら、おいらたちでも運べるけど、ライオンさんが寝入ってしまったら、大きすぎて運べない」
　ライオンは立ちあがって全速力で駆けていき、あっというまに姿が見えなくなった。
　「じゃあ次はドロシーだ。ぼくらの手を椅子にして運ぼう」かかしがいう。それでまずドロシーのひざにトトをのせ、互いの手を組み合わせた上にドロシーをすわらせた。ふたりの腕がちょうど椅子のひじかけのようになり、そのまま眠っているドロシーを両わきからはさんで、花畑のなかを運んでいった。
　しかしどこまで行っても、ポピー畑がえんえんと続くばかりで、命とりの花畑には果てがない。川が曲がるのに合わせてふたりも曲がったところ、そこでライオンに出くわした。ポピーの花のあいだでぐっすり眠っている。巨体の獣であっても、この花の匂いは強烈すぎたのだ。前方には青草の匂いもかぐわしい、緑の野原が広がっている。あともう少しという地点でライオンは倒れていた。
　「これバかりは、どうしようもないな」きこりが悲しげにいう。「重すぎて、とても運べない。このままここに置いて永遠に眠りつづけてもらうしかない。夢のなかでついに勇気を見つけるかもしれない」
　「残念だな」とかかし。「どんなに弱虫だろうと、おいらたちにとっては、ライオンさんはほんとうにいい仲間だった。でも置いていくしかないな」
　ふたりは眠っているドロシーを川のそばのこぎれいな場所に運んでいく。そこならポピー畑からずっと離れているので、花の毒気を吸いこむ心配もない。やわらかな草の上にドロシーをそっとおろし、さわやかな風で目が覚めるのを待った。

── 第 9 章 ──

# 野ネズミの女王

## 第9章　野ネズミの女王

「もう黄色いレンガ道はそう遠くないはずだよ」ドロシーのとなりに立って、かかしがいう。「川に流された距離ぐらい歩いてきた感じがする」

きこりがそれに答えようとしたとき、ふいに低いうなり声がきこえてきた。そちらへ顔を向けると（関節がなめらかに動いた）、奇妙な動物が草の上をはずむように駆けてこちらへやってくるのがわかった。見ればそれは大きな黄色いヤマネコで、耳を頭にぴたりとつけ、口を大きくあけている。獲物を追っている最中にちがいないときこりは思った。口のなかにはうすぎたない歯が2列ならんでいて、目が火の玉のように赤くらんらんと光っている。近くまで来ると、ヤマネコの先を小さな灰色の野ネズミが走っているのが見えた。きこりに心はないものの、ヤマネコが、こんなに愛らしい、まったく無害の生き物を襲うのはまちがっていると感じた。それできこりは斧をふりあげ、ヤマネコが走ってきたところへすばやくふりおろして、スパッと頭を切り落とした。頭と胴体がごろごろときこりの足元に転がってくる。

追っ手から解放された野ネズミはぴたりと足をとめ、それからゆっくりときこりに近づいていって、キーキーいう小さな声で話しかけた。

「まあ、ありがとうございます！　危ないところを助けてくださって、あなたは命の恩人です！」

「どういたしまして」ときこり。「わたしには心がないもんですからね、困っている相手には、たかがネズミであっても、手を貸すよう気をつけているんです」

「たかがネズミ！」小さな野ネズミは気分を害して怒鳴った。「おそれ多くもこのわたくしは女王——野ネズミの女王であるぞ！」

「それはそれは」きこりはいって、おじぎをした。

「それゆえ、そなたは立派な働きをしたのです。勇敢にもこのわたしの命を救ったのですから」

そのとき、数匹のネズミが、小さな足を必死に動かして大急ぎで走ってきた。女王を見つけたとたん、驚いて大声をあげる。

「まあ、女王さま、てっきり殺されたのだと！　あの大きなヤマネコからどうやってお逃げになったのですか？」ネズミたちは逆立ちしそうな勢いで、深々とおじぎをした。

「このおかしなブリキの男がヤマネコを殺し、わたくしは命を救われました。よって、これからおまえたちはこの方に仕え、どんなささいな望みでもかなえてさしあげるように」

「承知しました！」ネズミたちは声をそろえていうと、そのへんをてんでんばらばらに飛びはねた。ネズミがうようよいるのを見て、眠りから目覚めたトトはうれしそうにひと声ほえて、ネズミたちのまんなかに飛びこんでいった。カンザスに住んでいるとき、トトはいつでもネズミを追いかけるのが大好きで、それが悪いことだとは少しも思っていなかった。

そんなトトをきこりが抱きあげた。胸にしっかり押さえつけておいて、ネズミたちに声をかける。「もどっておいで！　だいじょうぶだよ！　トトは悪さはしないから」

これをきいて女王ネズミが草むらの下から顔をつきだし、おずおずときく。「ほんとうにかまない？」

「かませやしない」ときこり。「だからおびえなくていい」

1匹、また1匹とネズミがそろそろともどってくると、トトはきこりの腕からなんとか出ようともがいたが、もうほえなかった。もしブリキでできていることを知らなかったら、トトはきこりにかみついていただろう。やがていちばん大きなネズミが口をひらいた。

「何かぼくたちにできることはありませんか。女王さまの命を助けていただいた、そのお礼がしたいのです」

「べつに、これといってないけどなあ」きこりはそういった。かかしはそれまでずっと考えようとしていたのだが、頭につまっているのはわらだけなのでうまくいかず、それであっさりこういった。「そうだ、友だちのライオンさんを助けてもらえるんじゃないかな。ポピーの畑で眠っているんだ」

「ライオン！」小さな女王が声をうわずらせた。「ネズミはみんな食べられてしまう」

「いや、ちがう。このライオンは弱虫なんだ」

「ほんとうに？」ネズミの女王がきいた。

「自分でそういってるんだから」とかかし。「それに、ライオンさんは友だちをかむことはぜったいない。助けるのに力を貸してくれれば、ライオンさんはまちがいなく、あなたたちを友だちだと思うよ。おいらが約束する」

「よくわかりました」と女王。「あなたを信じましょう。しかし、どうすればいいんです？」

「あなたを女王さまと呼んで、進んで命令に従うネズミはたくさんいますか？」

「ええ、それはもう何千匹と」

「それじゃあ、できるだけ早くみんなをここに呼び集めて、それぞれに長いひもを1本ずつ持ってこさせてください」

女王は自分に仕えるネズミたちに向き直り、すぐ行ってみんなを呼んでくるよう命じた。命令をきくなりネズミたちはすぐ駆けだして、四方八方に散らばった。

そこでかかしがきこりにいう。「きこりさんは、川岸の木が生えている場所まで行って、ラ

## 第9章　野ネズミの女王

イオンさんを運ぶ荷車をつくって」
　それできこりもすぐに木立のほうへ行って仕事にかかった。まず荷車本体を組み立てるのに必要な大枝を切り、じゃまな小枝や葉っぱを斧で全部切り落とした。できあがった木材を木釘で組み立てていき、大木の幹を輪切りにして車輪を4つつくった。手ぎわよく、手早く作業をしたので、ネズミたちが集まるころには、もう荷車はつかえるようになっていた。
　ネズミたちはあらゆる方向から何千という数でやってきて、大きいのやら小さいのやら中くらいのやら、大きさはさまざまだが、みな一様に口にひもを1本くわえている。ちょうどそのころ、ドロシーが草の上で目を覚まし、何千というネズミが自分を囲んで、おずおずとこちらを見ているのに驚いた。
　そこでかかしがすべてを説明し、堂々とした態度の小さなネズミをドロシーに紹介した。
「こちらは野ネズミの女王さまであられます」
　ドロシーがうやうやしく会釈をすると、女王ネズミはひざを曲げておじぎをし、それからすぐふたりはとても仲良くなった。
　かかしときこりは、ネズミがめいめいに持ってきたひもをつかって、ネズミと荷車をつなぎはじめた。片方のはしをネズミの首に結びつけ、もう一方のはしを荷車に結びつける。荷車はもちろん、引き手のネズミの千倍も大きいが、集まったネズミの力をすべて結集すると、簡単に引くことができるのだった。小さなネズミたちが大勢集まり、風変わりな馬となって引く馬車は、かかしときこりが乗っても大丈夫で、寝ているライオンのところへあっというまに到着した。
　ただし重たい体だけに、ライオンを荷車に乗せるのがひと苦労だった。乗せると、さあひっぱっていきなさいと女王が急いで命令を出す。ポピーのなかでぐずぐずしていたらネズミたちも眠ってしまうとおそれたのだ。
　荷車は、小さなネズミたちが大勢でひっぱっても、最初はうんともすんともいわないようだった。しかし、きこりとかかしがうしろからえいっと押してやると、あとは楽々と進んでいった。まもなくライオンはポピーのベッドから緑の野原に移動した。そこならポピーの放つ毒々しい香気でなく、新鮮でおいしい空気をまた吸える。
　ライオンたちをむかえたドロシーは、仲間の命を助けてくれた小さなネズミたちに厚くお礼をいった。ドロシーはライオンが大好きになっていたから、助かって何よりうれしかったのだ。

まもなくネズミたちは荷車と結ばれていたひもをはずし、草の上をちょろちょろと駆けて家に帰っていった。最後まで残っていた女王ネズミが、「また何か困ったことがあれば、野原に出てきて呼んでください」という。「声をきいたらすぐ出ていって、力になりますよ。では、ごきげんよう！」
　「さようなら！」みんなもあいさつを返した。女王が走り去っていくあいだ、追いかけておどかしたりしないよう、ドロシーはトトをしっかり抱きしめていた。このあと、みんなはライオンが目を覚ますまでそばですわって待ち、かかしは近くに生えている木から果物をいくらか持ってきて、ドロシーがそれを夕食にいただいた。

## 第 10 章

# エメラルドの都の門番

★★★★
## 第10章 エメラルドの都の門番

ライオンが目を覚ますまでにはしばらく時間がかかった。ポピー畑のなかにいて、長いあいだ花の毒気を吸っていたからだ。目をあけて荷車から転げるようにおりたとたん、ライオンはまだ自分が生きているとわかって大喜びした。
「全速力で走ったんだ」すわってあくびをしながらいう。「だがあの花は、おれには強烈すぎた。いったいどうやってあそこから連れ出した？」
　それでみんなは野ネズミたちのことを話した。心の広いネズミたちのおかげで命拾いをしたのだと教えられると、弱虫ライオンはワッハッハと笑った。
「でかい図体をしたおれは、いつでもみんなからこわがられる存在だと思っていた。それがあんな小さな花に命をうばわれそうになったうえ、ネズミみたいなちっぽけな動物に命を救われた。まったくおかしな話だ！　で、おれたちは、これからどうするんだい？」
「また黄色いレンガ道が見つかるまで歩かないと」ドロシーがいう。「そうしてエメラルドの都をめざすの」
　そんなわけで、ライオンがすっかり元気になっていつものライオンにもどると、みんなは旅を再開した。やわらかくみずみずしい草のあいだをうきうきしながら歩いていくと、まもなく黄色いレンガの道にたどりつき、そこからまた、魔法使いのオズが住んでいるエメラルドの都めざして進んでいった。
　道はなめらかで、レンガもきれいに敷かれている。ここまでくると景色はほんとうにすばらしく、危険な目に何度もあった暗い森から遠く離れて、みんなは大喜びだった。道のわきにまた柵が見えてきたが、今度はすべて緑色に塗られていた。通りかかった家の1軒は見たところ農家のようで、これも緑色に塗られている。午後のあいだにそういう家の前を何軒か通りすぎた。なかには玄関先に出てきて、まるで何かききたいことでもあるように、こっちをじっと見つめてくる人もいたが、結局はだれひとり近づいてはこず、話しかけてもこなかった。大きなライオンがおそろしかったのだ。

住人はみな美しいエメラルドグリーンの服を着て、マンチキンと同じようにとんがり帽子をかぶっている。
「きっとここはもうオズの国ね」ドロシーがいう。「エメラルドの都に近づいてきてるってことよ」
「そうだよね」とかかし。「ここはなんでもかんでも緑だもん。マンチキンの国では青がお気に入りだったようにね。でもここの人たちはマンチキンみたいに気さくじゃないみたいだ。夜に泊まる場所、見つかりそうもないな」
「あたし、果物じゃないもの食べたいな」ドロシーがいう。「トトだってしまいに飢え死にしちゃうわ。次の家が見えたら、住んでいる人に話をしてみましょう」
　それでかなり大きな農家が見えてくると、ドロシーは勇気を出して玄関に近づいていき、ドアをノックした。
　ドアが細くひらいて、女の人が顔を出した。「どうしたの、お嬢ちゃん。なんだって大きなライオンといっしょなの？」
「もしできれば、今夜泊めていただきたいんです」ドロシーはいった。「このライオンはいっしょに旅をしている友だちで、ぜったいにかみついたりしませんから」
「人間になれているの？」女の人がいって、ドアをもう少し広くあけた。
「ええ、そうなんです。それにものすごく弱虫で。人間がおそれる以上に、このライオンは人間がこわいんです」
「ふーん」女の人はしばらく考えてから、もう一度ライオンをよく見た。「そういうことなら、なかにお入りなさい。簡単な夕食と寝場所を用意するわ」
　それでみんなは家のなかに入った。応対に出た女の人のほかに、子どもがふたりと男の人がひとりいる。男の人は片足を痛めたようで、すみのソファに横になっていた。おかしな面々が入ってきたのに、みんなひどくびっくりしているようで、女の人が夕食のしたくでいそがしくするなか、男の人がきいてきた。
「みんな、どこへ行こうっていうんだい？」
「エメラルドの都です」ドロシーが答えた。「魔法使いのオズに会いに」
「へえ、これは驚いた！」男の人が大声をあげた。「オズが会ってくれるって？」
「行けば会ってくれるでしょう。なぜですか？」
「なぜって、オズはだれが訪ねていっても、顔を合わせないって話だから。ぼくは数えきれないほどエメラルドの都へ行っていて、あそこは美しくてすばらしいところだけど、魔法使いのオズには一度だってお目通りをゆるされたことがない。ぼくばかりじゃなく、生きた人間で彼に会ったっていう話はきいたことがないよ」

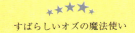
すばらしいオズの魔法使い

「ひょっとして、オズは外に出ないとか？」かかしがきいた。
「絶対出ない。来る日も来る日も、宮殿の立派な部屋の玉座にすわっていて、おつきの者たちさえ、じかに顔を合わせたことはないんだ」
「どんな姿をしているんですか？」ドロシーがきいた。
「それは答えづらいなあ」男の人は考えこむようすを見せる。「なにしろ偉大な魔法使いだから、オズはなんにでも変身できる。で、小鳥みたいだっていう者がいれば、ゾウみたいだっ

## 第10章　エメラルドの都の門番

ていう者もいる。ネコみたいだっていう話もあるね。人によっては美しい妖精のように見えたり、気のいい茶色の小妖精に見えたり。オズは好きなものになれるんだよ。だけど、もともとはどんな姿なのかときかれても、生きた人間に答えられる者はいない」

「ずいぶん不思議な話ですね」とドロシー。「でもわたしたちはどうにかして、オズに会わないと。でないとはるばるここまで旅をしてきたのがむだになってしまうんです」

「そういう得体の知れない相手だっていうのに、なんで会いたいんだい？」男の人がきいた。

「おいらはオズに脳みそを入れてもらいたいんだ」かかしが勢いこんでいう。

「ああ、オズならそんなことは朝飯前だ」男の人がいう。「脳みそなんて、ありあまるほど持ってるからね」

「わたしは心を入れてもらいたい」ブリキのきこりもいった。

「それもなんてことはない。オズは山ほど心を集めてるからね。大きさも形もよりどりみどりだ」

「おれは勇気をもらいたい」弱虫ライオンがいった。

「勇気なら、玉座の間に置いてある巨大な壺にたんまり入ってる。あふれださないよう黄金の皿をかぶせてあるんだ。きっと喜んでわけてくれるさ」

「あたしはカンザスに帰してもらいたいの」ドロシーもいった。

「カンザスっていうのはどこだい？」男の人がきょとんとしてきく。

「わからないの」ドロシーが悲しげにいった。「だけどそこがあたしのおうちで、ぜったいどこかにあるはずなの」

「なるほどね。まあオズはなんだってできるわけだから、きっときみのためにカンザスを見つけてくれるよ。ただしまずはオズに会わないと。それがいちばんやっかいなんだが。オズはだれにも会おうとしないし、たいてい自分の勝手を通すからね」そこで男の人はトトに話しかける。「ところで、きみの望みはなんだい？」けれどトトはしっぽをふるばかり。そういえば不思議なことに、トトはしゃべることができなかった。

夕食の用意ができたと女の人にいわれ、みんなはテーブルを囲んだ。ドロシーはおいしいポリッジとスクランブルエッグ、それにふかふかの白パンをひと皿食べて満足だった。ライオンもポリッジを食べたが、気に入らない。ポリッジは馬の餌にするオーツ麦をとろとろに煮こんだものだから、ライオンの口には合わないというのだ。かかしときこりは何も食べなかった。トトは全部少しずつ食べ、またちゃんとした夕食にありつけてうれしいようだった。

それから女の人がドロシーをベッドに案内してくれ、トトもドロシーのとなりに横になった。ライオンは邪魔者が入ってこないよう部屋の入り口で番をした。かかしときこりは部屋のひとすみで一晩じゅう静かに立っていたが、もちろん眠ることはできなかった。

翌朝太陽がのぼるとすぐ、みんなは歩きだし、まもなく前方の空が美しい緑色にぼうっと光りだした。
「きっとあれがエメラルドの都よ」ドロシーがいう。
　先へ行けば行くほど、緑の光はどんどん鮮やかになっていき、いよいよ旅の目的地に近づいたという気がしてくる。それでも都をとりまく広大な城壁にたどりついたのは午後になってからだった。高々とそびえる厚い壁は、目にも鮮やかな緑色だ。そこが黄色いレンガ道の突き当たりで、ちょうどみんなの目の前に大きな門があった。エメラルドで飾られた門は目差しを浴びてきらきら輝き、ペンキで描いただけのかかしの目にもまぶしくて、頭がくらくらするほどだった。
　門のわきに呼び鈴がついている。ドロシーがボタンを押すと、門の向こうでリンリンと澄んだ音が響いた。やがて大きな門がゆっくりとひらき、みんなでそこを通っていくと、アーチ形の高い天井がついた部屋に出た。部屋の壁には無数のエメラルドがちりばめられて、きらきらと光り輝いている。
　前方に立つ小柄な男は、背の高さがちょうどマンチキンぐらいで、頭から足まで全身緑のよそおいをして肌まで緑がかった色をしている。そのわきに大きな緑色の箱が置いてある。男はドロシーたちを見ると声をかけてきた。
「エメラルドの都に、何をしにやってきたのかな？」
「オズさまに会いに来たんです」とドロシー。
　男はこの答えに驚き、床にすわりこんでじっくり考える。
「オズさまに会いたいという者がここにやってくるのは何年ぶりでしょうかな」男はそういって、とまどったように首を横にふる。
「ものすごく強い、おそろしいお方でしてな。大事な考えごとをしている最中に、どうでもいい、つまらん用事で訪れて邪魔をすれば、オズさまは怒りを爆発させ、その者を一瞬のうちに消してしまうかもしれません」
「だけど、どうでもいい、つまらない用事じゃないんだ」かかしがいった。「大事なことなんだよ。だいたいおいらたちは、オズはいい魔法使いだって、ずっときかされてきたんだ」
「ええ、いかにも」緑の男がいう。「その賢さでエメラルドの都をみごとに治めていらっしゃいます。ただし、不実な者や興味本位でやってきた者がいれば、オズさまは容赦をしませんし、オズさまの顔を見たいなどという大胆不敵な者はめったにおりません。わたくしは門番ですから、オズさまに会いたいというなら、あなた方をオズさまの宮殿に案内しなければなりません。まずはめがねをかけていただきましょう」
「どうして？」ドロシーはきいた。

## 第10章　エメラルドの都の門番

「めがねをかけなければ、エメラルドの都のまぶしすぎる光と美しさで失明してしまうからです。この都の住人でさえ昼となく夜となく一日じゅうめがねをかけております。着用時にはめがねに鍵をかけます。というのも、オズさまがこの町を建設した最初からそのように命じられたからで、はずすことのできる唯一の鍵は、このわたしが持っております」

門番が大きな箱をあけると、なかにはありとあらゆる大きさと形のめがねがぎっしりつまっていた。すべて緑色のレンズがはまっている。門番はドロシーに合いそうなめがねを取りあげてかけさせた。両側に金色のベルトが1本ずつついていて、これを頭のうしろで留めてから、門番が首から下げている鎖についた小さな鍵をかけるようになっていた。いったん鍵をかけてしまえば、はずしたいと思ってもはずせない。もちろん、エメラルドの都の光で失明などしたくないから、ドロシーは何もいわなかった。

それから門番は、かかし、きこり、ライオン、そして小さなトトにまでめがねをつけさせ、すべてしっかり鍵をかけた。それから自分もめがねをかけると、ではこれから宮殿へ案内いたしますという。壁の掛け釘から大きな金色の鍵を取って、それでまたべつの門をあける。みんなはそこをぬけてエメラルドの都の通りに出ていった。

―― 第 11 章 ――

# すばらしいエメラルドの都

### 第11章　すばらしいエメラルドの都

緑のめがねで守られていても、最初ドロシーたちは美しい町の輝きに目がくらみそうだった。通りぞいにずらりとならぶこぎれいな家はすべて緑の大理石でできていて、どこに目を向けても、きらきら輝くエメラルドがちりばめられている。道にもやはり緑の大理石が敷かれていて、敷石のつなぎ目には、何列にもならべたエメラルドがびっしり埋めこまれていて、日差しを浴びてまぶしく輝いていた。窓にも緑のガラスがはまっていて、見上げれば空までが緑色を帯びていて、太陽の光も緑だった。

そのへんを歩きまわっている大勢の男や女、子どもたちも、みな緑一色の服装で、肌も緑がかっていて、だれもがドロシーとへんてこな仲間たちを不思議そうな目でじろじろ見ていく。子どもたちはライオンを見るなり走って逃げていき、母親のうしろに隠れてしまう。だれひとり、話しかけてはこなかった。

通りにはたくさんの店が軒をつらね、見ればどの店のなかも緑一色だった。緑のキャンディや緑のポップコーンが売られているかと思えば、緑の靴、緑の帽子、緑色をしたあらゆる種類の服が売っている。ある場所では男の人が緑色のレモネードを売っていて、子どもたちが緑の硬貨で代金を払っていた。

馬の姿はなく、種類を問わず動物はいない。男たちは小さな緑の荷車に物をのせ、それを自分で押している。だれもが幸せで満ち足りて、豊かな暮らしをしているのがうかがえた。門番のあとについて通りを進んでいったみんなは、やがて都のちょうどまんなかにある大きな建物の前に出てきた。

これがオズの宮殿で、偉大な魔法使いはここにいるのだった。ドアの前に立つ兵隊がひとり。これもまた緑の軍服を着て、長い緑のほおひげを生やしている。

「お客さんだよ」と門番が兵隊に声をかけた。「オズさまに会いたいっていうんだ」

「それでは、なかへ」兵隊がいう。「これから、自分がその旨をオズさまに伝えにいきます」

宮殿の門をくぐったみんなは、そこから大きな部屋へ連れていかれた。緑のカーペットを敷きつめた上にエメラルドをちりばめた美しい家具が配置されている。部屋に入る前に、緑のマットで足をきれいにするよう兵隊がいった。みんなが席につくと、兵隊が礼儀正しくいう。

「どうぞここでおくつろぎを。そのあいだ自分が玉座の間の入り口まで行って、みなさんがいらしたことをオズさまに伝えます」

しかし、それからいつまで待っても兵隊はもどってこない。ようやくもどってきたところでドロシーがきいた。

「オズさまに会いましたか？」

「いえ、会いません」と兵隊。「自分はオズさまに会ったことは一度もありません。しかしオズさまには、ついたてごしに、あなたたちの来訪を告げました。それほど望むなら会おうとのことです。ただし一度にひとりずつ。オズさまは一日にひとりしか会いません。したがって、あなた方はこの宮殿に数日滞在することになりますから、お部屋にご案内しましょう。そこでゆっくり旅の疲れをいやしてください」

「ありがとうございます」ドロシーがいった。「オズさまはほんとうに親切ですね」

　兵隊は緑の警笛を吹いた。するとふいに、緑のきれいな絹のローブを着た若い娘が部屋に入ってきた。緑の髪と緑の瞳が美しい娘は、ドロシーの前で深くおじぎをする。「わたしについてきてください。お部屋にご案内します」

　それでドロシーはみんなにさよならをいい、トトを抱いて緑の娘のあとに続いた。細い廊下を7本通って、階段を3つ上がり、宮殿の正面にある部屋の前まで来た。世界一美しいといいたいような部屋で、寝心地のよさそうなやわらかなベッドには、緑の絹のシーツと緑のベルベットのベッドカバーがそろっていた。部屋の中央には小さな噴水があって、そこから緑の香水が吹き出して、美しい彫刻をほどこした緑の大理石の水盤に落ちている。どの窓にも緑色のきれいな花が飾ってあって、小さな緑の本がならぶ書棚もあった。緑の娘がいなくなったあと、ドロシーはそこにならんでいる本をひらいてみたが、どれにも緑のヘンテコな挿し絵がいっぱいついていて、それがものすごくおかしくて、思わず声をあげて笑った。

　たんすには、絹やサテンやベルベットといったぜいたくな布地でできた緑のドレスがぎっしり入っていて、どれをあててみても、ドロシーの体にぴったりだった。

「ゆっくりくつろいでくださいね」緑の娘がいう。「何か困ったことがありましたら、呼び鈴を鳴らしてください。オズさまは明日の朝、あなたをお呼びになると思います」

　それだけいうとドロシーを部屋に残して、ほかのみんなのところへもどっていった。あとのみんなもそれぞれ部屋に案内され、気がつけばだれもが、宮殿でいちばん快適な部屋をあてがってもらっていた。もちろんそんな心づくしも、かかしには無駄というもので、入ってすぐのすみっこにひとり、ばかみたいに立ち尽くして朝がくるのを待つしかなかった。横になって休むことはできず、目をつぶることもできない。それで一晩じゅう、部屋のすみに巣を張っている小さなクモをまじまじと見ていた。こんな部屋のどこが快適なんだといわんばかりに。

　ブリキのきこりは、自分がまだ生身の人間だったころを思い出し、そのときの習慣からベッドに横になった。けれど眠ることができないので、関節部分がちゃんと動くかどうか、

## 第11章　すばらしいエメラルドの都

ひとつひとつたしかめて夜を過ごした。ライオンは乾いた木の葉の上に寝るのが好きで、一室に閉じこめられるのはきらいだった。けれども文句をいえた立場でないことはわかっていた。それでベッドにぴょんと飛び乗ると、ネコのように丸くなり、喉をごろごろいわせているうちに、あっというまに眠りに落ちてしまった。

翌朝、朝食を食べたあと、緑の娘がドロシーを呼びにきて、ドロシーに綾織りのサテン地でできたいちばん美しい緑のワンピースを着せた。ドロシーはその上に緑の絹のエプロンをつけ、トトの首に緑のリボンを巻いた。それで準備がととのって3人はオズの玉座の間へと向かった。

まずは大広間に入った。そこには宮廷の紳士淑女が大勢集まっており、全員が豪華なよそおいに身を包んでいた。お互いにおしゃべりをするだけで、これといって何もすることはないのだが、毎朝必ずここに集まって待っている。それでもオズには会えない。ドロシーが広間に入っていくと、みんながみんな好奇心いっぱいの目で見つめ、そのうちのひとりがそっと声をかけてきた。

「あなたほんとうに、おそろしいオズさまの顔を見るつもりなの？」

「もちろんです。会ってくださるなら」

「ええ、会ってくださいますよ」昨日オズに来訪を告げにいってくれた兵隊がいう。「ただし会ってくださいと頼まれるのは好まないのです。実際、最初はお怒りになり、帰してしまえといわれたんです。それから、いったいどんなやつだときかれたので、あなたの銀の靴のことをお話ししたら大変に興味を持たれて。それで、ひたいについたしるしについてもお話ししたところ、ならば会おうと心を決められたんです」

ちょうどそのとき呼び鈴が鳴って、緑の娘はドロシーにいった。「合図が鳴りました。おひとりで部屋へお入りください」

娘が小さなドアをあけ、ドロシーが心をふるいたたせて歩いていくと、なんともすばらしい場所に出た。大きな円形の部屋にアーチ形の高い天井があり、壁にも天井にも床にも、大粒のエメラルドがすきまなく、びっしりちりばめられている。天井のまんなかに大きな照明がついているため、太陽のようにまぶしい光がエメラルドに反射して、えもいわれぬ美しさだった。

しかしドロシーがいちばん興味を引かれたのは、部屋のまんなかにある、緑の大理石でできた大きな玉座だった。椅子のような形をしていて、宝石がきらきら輝いているのはめずらしくない。しかしその上にのっているのが巨大な頭なのだ。頭を支える体も腕も足もない。髪の毛は１本もないが、目と鼻と口があり、どんな巨人の頭より大きかった。
　驚きおびえながら見ていると、目がゆっくり動きだし、鋭いまなざしでドロシーをとらえた。やがて口が動き、声のようなものがきこえてきた。
「わたしはオズ。強くておそろしい魔法使いである。おまえは何者で、わたしに何用があって来たのだ？」

巨大な頭が出す声は意外にもさほどこわくなく、ドロシーは勇気を出して答える。
「あたしはドロシー。小さくて弱い人間です。お力をお借りしたくてここに来ました」
ふたつの目が考えこむように、ドロシーをまるまる1分じっと見つめる。それからまた声がした。「その銀の靴をどこで手に入れたのだ？」
「東の悪い魔女から手に入れました。わたしの家が魔女の上に落ちて、死んでしまったんです」
「ひたいのしるしはどこでつけてもらったのだ？」
「北のよい魔女とおわかれをするときに、キスをして送り出してもらいました」
するとまたドロシーは鋭い目で見つめられた。ほんとうのことをいっているのか、たしかめるような目だった。それからオズがいった。「わたしに何をしてほしいのだ？」
「カンザスに帰してほしいんです。エムおばさんとヘンリーおじさんのところへ」ドロシーは熱をこめて答えた。「あなたの国はとても美しいけれど、好きではありません。それにこんなに長いこと帰らないと、エムおばさんはあたしのことが心配でたまらないと思います」
目がパチパチパチと3回まばたきした。それから天井をじろりと見上げ、床をじろりと見おろし、最後にぐるりと1回転した。なんとも奇妙だが、そうやって部屋のあらゆる場所を見ているようだった。それからとうとう、その目がドロシーにもどってきた。
「なぜ、わたしがおまえの願いをきかねばならぬのだ？」
「だってあなたは強くて、あたしは弱いから。あなたは偉大な魔法使いで、あたしは何もできない小さな女の子だから」
「だが、東の悪い魔女を退治できるほど強いではないか」
「それはたまたまなんです」ドロシーはあっさりいった。「そうなっちゃっただけ」
「そうか」頭がいう。「ならば、おまえに答えよう。何もしないで、わたしにカンザスへ帰してもらえると思うな。おまえもわたしにそれ相応のことをしなければならぬ。この国では、頼みごとにはお礼が必要なんだ。わたしの魔法をつかって、また家に帰りたいのなら、まずはおまえがやってみせろ。おまえがわたしの力になるなら、わたしもおまえの力になる」
「何をすればいいの？」
「西の悪い魔女を殺すのだ」
「そんなの無理です！」ドロシーはびっくりして大声をあげた。
「おまえは東の悪い魔女を退治して、その銀の靴をはいている。それには強力な魔力が宿っているのだぞ。いまとなってはこの国に悪い魔女はひとりしかいない。そいつが死んだことがはっきりしたら、おまえをカンザスに帰してやる——その逆はない」
ドロシーは泣きだした。いくらなんでもひどすぎる。すると目がまたまばたきをし、さぁやってみろと、うながすようなまなざしを向けてきた。ドロシーにそんなことができると本

## 第11章　すばらしいエメラルドの都

気で思っているようだった。

「殺すなんて、したことないから。そんなのいやだから」ドロシーは涙がとまらない。「だいたい、どうやって西の魔女を倒せばいいの？　大きくておそろしい、あなたにもできないのに、どうしてあたしにできるなんて思うの？」

「それは知らん。だがこれがわたしの答えで、西の悪い魔女が死なないかぎり、おまえはおじにもおばにも二度と会えん。西の魔女のよこしまなことを忘れるでないぞ。とんでもなく悪いやつだから、退治せねばならんのだ。さあ、行け。そうして二度とわたしに会おうなどと思うでないぞ。おまえの仕事が終わるまではな」

ドロシーはしおしおと部屋を出て、ライオンとかかしときこりのところへもどっていった。オズに何をいわれたか、みんな知りたくてうずうずしていた。

「ひどいのよ」しょんぼりという。「あたしが西の悪い魔女を倒さないかぎり、家には帰してくれないんだって。そんなの無理に決まってる」

みんなもつらかったが、どうしてやることもできない。それでドロシーは自分の部屋にもどり、ベッドにつっぷして泣きながら眠った。

翌朝、緑のほおひげを生やした兵隊が、かかしの部屋へやってきた。「いっしょに来てください。オズさまがお呼びです」

それでかかしは兵隊のあとについていき、大きな玉座の間へ向かった。なかに入ってみれば、エメラルドの玉座に、目が覚めるほど美しい貴婦人がすわっていた。緑の絹の透きとおった薄物をまとい、緑の巻き毛の上に宝石で飾った王冠がのっている。肩から生えている翼が光を反射して、えもいわれぬ風合いを見せているのだが、それがもうほんとうに軽そうで、だれかの息がかかっただけで、はためきそうだった。

わらのつまった体なりに、かかしがせいいっぱいきちんとおじぎをすると、目の前の美しい人が優しいまなざしを向けてきた。

「わたくしはオズ、強くておそろしい魔法使いです。あなたはどなたで、わたくしにどのような用向きがあって、いらしたのです？」

ドロシーの話から、巨大な頭が待っていると思っていたかかしはひどく驚いていたが、いいたいことを堂々といった。

「おいらはとるに足りないかかしです。中身はわらしかつまってない。だから脳みそはないんです。それで、この頭にわらじゃなくて脳みそを入れてもらいたくて、お願いにきたんです。脳みそがあれば、おいらだってあなたが治めるこの国の人たちと同じように、一人前の人間になれると思って」

「なぜわたくしが、あなたのために骨を折らなくてはならないのです？」

「なぜって、あなたは頭がいいし、力もあって、あなた以外においらを助けられる人はいないから」

「わたくしは、なんのお礼もできません。ですが約束しましょう。もしあなたが西の悪い魔女を退治したら、山ほどの脳みそをあげましょう。極上の脳みそですから、オズの国でいちばんの賢者になるのも夢ではありませんよ」

「魔女を退治するってのは、ドロシーが頼まれたことだと思うんですが」かかしはびっくりしている。

## すばらしいオズの魔法使い

「ええ、そうです。だれが退治しようとかまいません。ですが、あの魔女が死なないかぎり、わたくしはあなたの願いをかなえません。さあ、行きなさい。あなたがのどから手が出るほど欲しいと思っている脳みそをもらう資格ができるまで、二度とわたくしに会いに来てはなりません」

かかしはしおしおと仲間たちのところへもどっていき、オズからいわれたことを伝えた。オズは巨大な頭ではなくて、美しい貴婦人だったときいてドロシーは驚いた。

「ひどいよ、ああいう心ないことをいう人にこそ、ぜったい心が必要だと思うんだよね。きこりさんと同じようにさ」かかしがいった。

翌朝、緑のほおひげを生やした兵隊がブリキのきこりを呼びに来た。

「オズさまがお呼びです。ついてきてください」

それできこりはついていって、玉座の間の前までやってきた。果たしてオズは美しい貴婦人なのか、それとも頭なのか。できれば美しい貴婦人であってほしいときこりは思い、ひとりごとが口をついて出た。「もし頭だったら、心なんてないわけだから、わたしの気持ちなどわからない。しかし貴婦人だったら、心がほしいと一生懸命頼もう。『心優しい貴婦人』って言葉があるくらいだから、きっとかなえてくれる」

ところがいざ入ってみれば、そこにいたのは頭でも貴婦人でもなかった。オズは世にもおそろしい獣の姿をしていた。ゾウほどもある大きな体で、緑の玉座がその重みに耐えているのが不思議なくらいだった。頭はサイに似ているが、目は5つもある。胴体から長い腕が5本生えていて、長くてほっそりした足も5本。全身にやわらかそうな毛がびっしり生えており、これ以上におそろしげな怪物は想像のしようがない。このときばかりはブリキのきこりに心臓がないのは幸いだった。もしあったら、恐怖のあまり、早鐘を鳴らしたようにけたたましい音をたてていたことだろう。

ブリキでできているきこりは少しもおそろしくなかったが、ひどくがっかりした。

「おれさまはオズだあ。強くておそろしい魔法使いだあ」獣がしゃべった。雷がとどろくような声だった。

「おめえはだれで、おれさまに何の用があって来た？」

「わたしはきこり。ブリキでできている。だから心がなく、愛することができない。それでみんなと同じように心を入れてほしくて、お願いにきた」

「どうして、おれさまがそんなことせにゃならん？」

「ですから頼んでいるのです。あなたにしかこの願いはかなえられません」

オズはこれをきいて低くうなり、耳ざわりな声でこういった。「そんなに心が欲しけりゃ、おめえが自力で手に入れるんだな」

すばらしいオズの魔法使い

「どうやって？」
「ドロシーといっしょに西の悪い魔女を退治しろ。魔女が死んだら、おれさまのところへ来い。オズの国でいちばんでかくて、広くて、優しい心を入れてやる」
　そういわれては、きこりもしおしおと仲間のもとにもどるしかなく、おそろしい獣のことをみんなに伝えた。さまざまに姿形を変えるオズに、みんなは驚くばかりで、ライオンはこんなことをいった。
「もし獣の姿で出てきたら、おれは思いっきり大声でほえてやる。そうしてやつをおびえさせて、こっちの願いをなんでもかなえさせるんだ。美しい貴婦人の姿で出てきたら、飛びかかるふりをして、いうことをきかせてやる。もしでかい頭で出てきたら、そりゃもう、こっちの思うがままだ。おれたちの願いを全部かなえるまで、部屋じゅうをころころ転がしてやる。だからみんな、元気出せ。きっとすべてうまくいく」
　翌朝、緑のほおひげを生やした兵隊がライオンを大きな玉座の間へ案内し、なかへ入るようにいった。
　ライオンはすぐに入っていったが、室内をぐるりと見まわして驚いた。玉座の前で、火の玉が強い光を放って燃えさかり、見ていられないほどまぶしい。うっかりオズに火がついて火だるまになってしまったのかと、最初はそう思った。近づいていこうにも熱が強すぎて、ひげが焦げてしまいそうなので、ライオンはふるえながらドアの近くまであとずさった。
　そこでふいに火の玉から、落ち着いた低音の声が響き、ライオンにものをいった。
「わたしはオズ。強くておそろしい魔法使いである。きみは何者で、何ゆえわたしのもとへやってきたのかね？」
「おれは弱虫なライオンなんだ。なんでもかんでもこわい。それで勇気をもらおうと思ってやってきた。百獣の王の名にふさわしい、強いライオンになりたいんだ」
「わたしに、きみの頼みをきかねばならぬ義理でもあるのかね？」
「あらゆる魔法使いのなかでいちばん強く、おれの願いをかなえる力を唯一持っている」
　一瞬、火の玉はぱあっと炎を散らし、それからいった。「悪い魔女が死んだ証拠を持ってきたまえ。そうすればすぐ勇気をやろう。あの魔女が生きているかぎり、きみは弱虫のままだ」
　ライオンは腹が立ったが何もいえない。その場に立ち尽くしたまま相手をじっとにらんでいると、火の玉がかあっと熱くなったので、しっぽを巻いて部屋から飛び出した。友だちが待ってくれていたのにほっとして、ライオンはオズからひどい目にあった話をした。
「これからどうしたらいいの？」ドロシーがしょんぼりしている。
「できることはひとつしかない。ウィンキーの国へ行き、悪い魔女をさがし出してやっつけるんだ」ライオンがいった。

## 第11章　すばらしいエメラルドの都

「でもそれが無理だとしたら？」ドロシーはいう。
「そうしたら、おれは勇気をもらえない」とライオン。
「おいらは脳みそをもらえない」とかかし。
「わたしは心をもらえない」ときこり。
「あたしはエムおばさんとヘンリーおじさんにもう会えない」ドロシーはいって、しくしく泣きだした。
「気をつけて！」緑の娘がさけんだ。「涙が落ちたら絹のドレスがしみになるわ」
それでドロシーは涙をふいた。「やっぱりやらなきゃいけないみたいだけど、たとえエムおばさんに会うためでも、殺すなんて気が進まない」
「おれもいっしょに行くぜ。おれのような弱虫には魔女を退治するのは無理かと思うが」ライオンがいった。
「おいらも行くよ」とかかし。「こんな脳なしじゃ、たいして役には立たないだろうけど」
「わたしのような心ないやつでも、殺すというのは気が引ける。たとえ相手が魔女でも。しかしきみが行くなら、もちろんわたしだって行く」
それでみんなは翌朝旅に出ることを決め、きこりは緑の砥石で斧をとぎ、関節にしっかり油を差した。かかしは新しいわらを体につめ、もっとよく目が見えるよう、ドロシーに新しいペンキで描きなおしてもらった。緑の娘はとても親切で、ドロシーのバスケットにおいしそうな食べ物を入れてくれ、緑のリボンをつかってトトの首に小さなベルをつけてくれた。
みな夜は早い時間からベッドに入ってぐっすり眠り、日がのぼると、宮殿の裏庭で飼われている緑のオンドリがときをつくる声と、緑の卵を生んだメンドリの鳴き声で目を覚ました。

## 第 12 章
# 悪い魔女をさがして

## 第12章　悪い魔女をさがして

緑のほおひげの兵隊について、みんながエメラルドの都の通りを進んでいくと、やがて門番小屋に着いた。門番は鍵をつかってみんなのめがねをはずし、大きな箱にしまった。それから丁重に門をあけてくれた。

「どの道を行けば西の悪い魔女のところに着くんですか？」ドロシーがきいた。

「道はありません」門番が答えた。「そんなところへ行きたい人間はいませんから」

「ええっ、じゃあ、わたしたちはどうやって魔女を見つければいいの？」

「簡単な話です。あなたがたがウィンキーの国に踏みこめば、すぐ魔女のほうで気づき、あなたがたを奴隷にしますから」

「そうはいかないよ」とかかし。「だっておいらたちは魔女をやっつけるつもりなんだから」

「そういうことなら話はべつです」門番がいう。「これまでだれひとり、あの魔女を倒せなかったんです。だから当然、あなた方もほかのみんなと同じように奴隷にされると思ったわけです。しかしどうかお気をつけてください。あの魔女はまったく悪いやつで獰猛ですからね。つねに西へ西へ、太陽が沈む方角をめざせば、まちがいなく魔女は見つかります」

みんなは門番にお礼をいってわかれを告げ、西をめざして歩きだした。やわらかな草の生える野原のそこここにデイジーやキンポウゲの花が点々と咲いている。ドロシーはまだ宮殿で着せてもらった美しい絹のワンピースを着ていたが、驚いたことに色は緑から真っ白に変わっていた。トトの首に巻いていた緑のリボンもドロシーの服と同じように真っ白になっている。

エメラルドの都を遠く離れると、あたりはごつごつした荒れ地になってきた。西の国には農場がひとつもなく、農家もない。だから土地は耕されていないのだった。

午後になると、熱い日差しがまともに顔に当たる。木陰をつくる木さえ1本もなかった。それでまだ日の暮れないうちからドロシーもトトもライオンもぐったりして草の上に横になり、3人が眠っているあいだ、きこりとかかしが見張りをした。

西の悪い魔女は片目しか見えなかったが、その片目が望遠鏡のように強力で、どんなに遠くでも見わたすことができた。自分の城の入り口にすわって、何気なく遠くへ目を向けてみたところ、ドロシーが仲間たちに囲まれて、横になって眠っているのを見つけた。ずいぶん遠く距離は離れていたが、自分の国に勝手に踏みこんできたことに魔女は腹を立て、首に下げている銀色の笛をピーッと吹いた。
　するとたちまち、四方八方から大きなオオカミの群れが走ってきた。みな足が長く、荒々しい目と鋭い歯を持っている。
「やつらのところへ行って、八つ裂きにしてしまえ」

## すばらしいオズの魔法使い

「奴隷になさらないので？」オオカミのリーダーがきいた。

「いらぬわ」魔女がいった。「ブリキでできたやつやら、わらでできたやつ。あとは娘っ子とライオンが1頭いるだけで、どれも役立たずだ。ずたずたに切りきざんでおしまい」

「承知しました」そういって勢いよく飛び出したリーダーに続いて、ほかのオオカミも駆けだした。

かかしときこりがまんじりともせず起きていたのが幸いして、ふたりはオオカミたちが向かってくる音に気づいた。

「ここはわたしの出番だ」ときこり。「みんなはうしろに隠れていてくれ。わたしがむかえ撃つ」

きこりは念入りに研いでおいた切れ味鋭い斧をつかみ、オオカミのリーダーが向かってきた瞬間に腕をふりあげ、斧で首をスパッと切り落とした。オオカミはすぐ死んだ。ふたたび斧をふりあげた瞬間、またべつのオオカミが向かってきて、これもまた鋭い斧の刃で首を落とされた。オオカミは全部で40頭いたから、40回目の斧がふるわれて最後のオオカミが息絶えたとき、きこりの前には死がいの山ができていた。

きこりは斧をおろし、かかしのとなりに腰をおろした。「ほれぼれとする戦いぶりだったね」かかしがいう。

ふたりは朝にドロシーが目を覚ますまで待った。ドロシーは目覚めてびっくり。毛のぼさぼさしたオオカミの死がいが山積みになっている。それで、きこりが昨夜のことを全部話してきかせた。ドロシーは助けてもらったお礼をいい、すわって朝食を食べた。それからまたみんなは歩きだした。

この同じ朝、悪い魔女は城の入り口に出てきて、遠くまで見える目ではるか先を見わたしていた。オオカミたちがみな死んでしまい、よそ者はまだ自分の国をうろついているとわかると、前の日よりももっと腹を立て、銀の笛を2度吹いた。

するとたちまちカラスの大群が飛んできた。空が暗くなるほど数が多い。魔女はカラスの王にいう。「あのよそ者のところへ飛んでいき、目玉をくりぬいてから、八つ裂きにしておやり」

荒っぽいカラスたちが大きな群れをなし、ドロシーたちのいるほうへいっせいに飛んできた。それを見ておびえるドロシーに、かかしが宣言する。「今度はおいらの出番だ。みんなは横で伏せていな。襲われる心配はないよ」

110

　それでみんなは地面に伏せ、かかしだけが両腕を大きく広げて立った。飛んできたカラスたちはみなおびえてしまい、近づいてこようとはしない。しかしそこでカラスの王がいった。
「あれはわらのつまった、ただの人形だ。目をつつきだしてやる」
　そういってカラスの王はかかしに向かっていったものの、かかしがその頭をとらえ、首をひねって息の根をとめた。それからまたべつのカラスが向かってきたが、これもまた首をひねられて息絶えた。そうやって40羽のカラスを、40回首をひねって亡き者にすると、かかしのわきに、カラスのしかばねが山のように積みあがった。かかしは仲間を立ちあがらせ、またみんなで歩きだした。

ようすを見ようとまた遠くへ目を向けた悪い魔女は、送り出したカラスがすべてひっくりかえって山になっているのを見て腸が煮えくりかえり、銀の笛を3度吹いた。
　たちまちブーンという大きな音があたりに響きわたったかと思うと、黒ミツバチの群れが魔女のほうへ飛んできた。
　「よそ者のところへ行って、刺し殺しておしまい！」魔女が命令すると、黒ミツバチたちは回れ右して、ドロシーと仲間が歩いているところへ大急ぎで向かった。きこりはもうこれに気づいていて、かかしにもすでに考えがあった。
　「おいらの体からわらをぬいて、ドロシーとトトとライオンさんにかぶせて」かかしはきこりにいった。「そうすればミツバチは刺さないから」きこりはいわれたとおりにする。ドロシーはライオンのそばにぴったりくっついて横になり、トトを腕にしっかり抱きしめて、わらのなかに隠れた。
　やってきた黒ミツバチは、刺す相手がブリキのきこりしか見つからないので、いっせいにそちらへ向かった。しかしブリキの肌を刺そうとした針はことごとく折れ、きこりは痛くもかゆくもない。ミツバチは針を失っては生きていけないから、これで一巻の終わりとなり、息絶えた黒ミツバチがきこりのまわりに分厚く散らばって、細かな炭の小山が点々と築かれたようだった。
　ドロシーとライオンは起きあがった。ドロシーはきこりを手伝って、かかしの体にわらをつめなおし、もとどおりに形をととのえた。それからまた一行は歩きだした。
　悪い魔女は、黒ミツバチたちが炭の山と化してしまったのを見て怒り心頭に発し、くやしさに地団駄を踏んで髪をかきむしり、奥歯をぎりぎりとかみしめた。
　それから魔女は、奴隷にしたウィンキーを10人ほど集め、先の鋭い槍を持たせると、よそ者のところへ行って倒してこいと命じた。
　ウィンキーは勇敢な種族ではなかったが、命令されたからには従わなければならなかった。それでみんなでドロシーたちのいるほうへ行進していった。しかしそこへライオンがガオーッとほえて飛びかかっていったので、かわいそうに、ウィンキーたちはすっかりおびえ、一目散に逃げだした。
　城へもどってくると、ウィンキーたちは悪い魔女にむちひもで打ちすえられ、仕事に送り返された。これはいったいどうしたものかと、魔女はすわって思案をめぐらせる。なぜ作戦がことごとく失敗するのか理解できなかったが、この魔女は悪いだけでなく、知恵にも長けていたので、まもなく次の手を考え出した。
　魔女の戸棚には、ダイヤモンドとルビーでぐるりと飾られた黄金の帽子がしまってあり、これには魔力があった。持ち主はだれでも3回、ツバサザルを呼び出してどんな命令でもき

## 第12章　悪い魔女をさがして

かせることができる。ただしだれであろうと、この帽子の効力がつかえるのは3回までで、悪い魔女はすでに2回つかっている。1回はウィンキーを奴隷にするよう命じて、彼らの国を自分が支配するようにした。2回目につかったのはオズと戦ったときで、彼を西の国から追い出すようツバサザルに命令したのだった。

　残りはあと1回。ほかの魔力がすべて尽きてしまった最後のときまでつかいたくなかった。しかし、獰猛なオオカミも、荒っぽいカラスも、するどい針を持つミツバチも死んでしまい、奴隷はライオンにおじけづいて逃げてきたわけで、ドロシーたちを倒すには、もう最後の手をつかうしかないとわかっていた。

　それで悪い魔女は黄金の帽子を戸棚から取り出し、頭にかぶった。それから左足で立ち、ゆっくりと呪文を唱える。

　「エッペ、ペッペ、カッケ！」

　次に右足で立って、

　「ヒィーロ、ホォーロ、ヘェロー！」

　最後は両足で立って大声でさけんだ。

　「ジッズィ、ズッズィ、ジク！」

　そこでいよいよ魔法がききだした。空一面が暗くなり、ゴロゴロと雷のような音がきこえてきた。続いてバサバサと無数の翼がはためくすさまじい音にまじって、何やらギャアギャアいい合いながら、やかましく笑う声があたりいっぱいに広がった。暗い空から突如太陽が顔を出したと思ったら、いつのまにか悪い魔女はサルの群れに囲まれていた。どのサルにも、見るからにたくましい、一対の大きな翼が肩から生えている。群れのなかでひときわ大きなサルがボスのようで、魔女のすぐそばまで飛んできた。

　「3度目のお呼び出し。これで終わりですね。で、今度のご命令は？」

「この国に踏みこんできたよそ者どもをすべて殺せ。ただしライオンだけは生かしておいて、わたしのところへ連れてこい」魔女がいう。「馬のように引き具をつけて働かせてやる」
「ご命令、しかとうけたまわりました」ボスがそういうなり、ツバサザルたちはバサバサと空に舞いあがり、ギャアギャアけたたましく鳴きながら、ドロシーと仲間たちが歩いているところへ飛んでいった。

何匹かのツバサザルがブリキのきこりをつかみ、空に舞いあがって飛んでいく。やがてそこらじゅうに鋭い岩が散らばる大地の上空まで来ると、かわいそうに、きこりはそこで放された。高い空から落下した衝撃はすさまじく、全身傷だらけ、へこみだらけになったきこりは、動くことも、うめくこともできなかった。

　ほかのツバサザルたちはかかしをつかまえ、その長い指をつかって、かかしの服や頭のなかから、わらをかたっぱしからひっぱり出した。それから、かかしの帽子とブーツと服をぎゅっとひとまとめにして、高い木の枝のてっぺんに放り投げた。

　残りのサルたちは、がっちりしたロープを何本も投げてライオンにひっかけ、胴体、頭、足に何重にも巻きつけてぐるぐる巻きにし、かむことも、ひっかくことも、もがくこともまったくできないようにしてしまった。それからみんなで持ちあげて空を飛び、魔女の城まで運んでいく。城に着くとライオンは、周囲に高い鉄の柵をめぐらした小さな中庭に入れられて、もう逃げようがなかった。

　けれどもドロシーだけは何の危害も加えられなかった。トトを抱いて立ち、仲間たちの悲しい運命を見つめながら、次こそ自分の番だと思っていると、ツバサザルのボスがすぐ近くまで飛んできて、毛むくじゃらの長い両腕をにゅっと前につきだし、醜い顔でニタニタ笑った。しかし、よい魔女がキスをしてドロシーのひたいにつけたしるしを見るなり、ぎくっとなって、この者にさわってはならぬと、仲間たちに身ぶりで伝えた。

「この娘には手を出すな。善の力で守られている。悪の力よりずっと強い力でな。しょうがねぇ、悪い魔女の城まで運んでいって、そこに置いてこよう」

　それでサルたちは慎重な手つきでドロシーをそっと腕に抱きあげ、すみやかに空を飛んで城へ運び、入り口の階段の上におろした。そこでボスが魔女にいう。

「できるかぎり命令に従いましたよ。ブリキのきこりとかかしは倒し、ライオンは庭につないでおきました。ただ、この小さな娘と、この子がかかえている犬だけは、オレたちにも手が出せない。ってことで、これで任務は終了。もう二度とお目にはかかりません」

　ツバサザルの一団はいっせいに舞いあがり、ケラケラ、ギャアギャアわめきながら飛んでいき、まもなく遠い空に姿を消した。

　悪い魔女はドロシーのひたいについたしるしを見ると、驚くと同時に心配になった。ツバサザルであろうと、自分であろうと、この子どもを傷つけることはできないと、よくわかっていたからだ。ドロシーの足もとに目を落として銀色の靴を認めたとたん、魔女はおそろしさにぶるぶる震えだした。その靴が強力な魔法を宿しているのを知っていたからだ。

　一瞬、走ってこの子どもから逃げようかと思ったが、そのあどけない目をたまたま覗きこんだところ、その奥に初々しい心を見つけ、気が変わった。この靴にどれだけ強い力が宿っ

　ているか、この子どもは何も知らない。悪い魔女はしめしめとほくそ笑み、まだ奴隷にするチャンスはあると、心ひそかに思った。なにしろこの子は、自分の持っている力の使い方を知らないのだから。
　それで魔女はドロシーに、耳ざわりな声でとげとげしくいった。
　「いっしょに来なさい。あたしのいいつけどおりに、おまえがなんでもできるかどうか、たしかめたい。もしできなければ、ブリキのきこりやかかしと同じように、おまえも死んでも

らう」
　魔女のあとについていったドロシーは、城内の美しい部屋をいくつも通りぬけてキッチンにたどりついた。魔女はドロシーに、鍋ややかんをきれいに洗って床を掃除し、薪をくべてつねに火を絶やさぬようにしろと命じた。
　ドロシーはおとなしく仕事にとりかかり、できるだけ一生懸命がんばろうと決心する。悪い魔女が自分をすぐには殺さないことにしたのでほっとしていたのだ。
　ドロシーがせっせと仕事をしているあいだ、魔女は中庭に入ってライオンに引き具をつけることにした。馬と同じように、豪華な車を引かせて、どこへでも行きたいところへ行けたらゆかいだと思ったのだ。しかし門をあけたとたん、ライオンが大声でほえ、すごい勢いで飛びかかってきたので、魔女はおそれをなして外に逃げ、また門をしめた。
　「もし引き具をつけさせないというなら」鉄柵ごしに、魔女はライオンに告げる。「おまえを飢えさせてやる。いうことをきくまでは、何も食わせないからな」
　それでライオンを閉じこめたまま、魔女は食べ物をいっさい持っていかず、昼時になると毎回やってきて同じことをきいた。「どうだ、馬のように引き具をつける気になったか？」
　するとライオンは毎回同じことをいった。「いやだね。この庭に入ってきたら、かみついてやる」
　ライオンが魔女のいうことをきかないですむのは、毎晩魔女が寝たあとで、ドロシーが戸棚から食べ物を運んでいたからだった。食事がすむとライオンはわらを敷いた寝床に寝そべり、そのとなりにドロシーも横になって、やわらかくふさふさしたたてがみに頭をのせる。そうしてお互いの苦しい胸のうちを語り合い、どうにかして逃げられないものか、一生懸命考える。しかし城をぬけ出す方法は何も見つからない。黄色いウィンキーたちがつねに見張っているからだ。悪い魔女の奴隷であるウィンキーは、おそろしくて魔女に反抗することはできなかった。
　日中ドロシーは一生懸命、働かねばならない。魔女はつねに持ち歩いている古いかさをふりかざし、打ち据えてやるとよくおどした。しかしそれは口だけで、ひたいにしるしをつけているドロシーを傷つけようなどとは思いもしなかった。けれどドロシーはそれを知らず、自分とトトがいつやられるか、おそろしくてたまらなかった。
　魔女は一度だけ、かさでトトを殴ったことがあり、そのとき小さな犬は勇敢にも魔女に飛びかかってかみついた。この魔女はかまれても血が出ない。あまりに薄情なので、血はとうの昔に干上がってしまったのだ。
　そのうちドロシーは毎日悲しみにくれるようになった。カンザスに帰ってエムおばさんと再会することが、これまで以上に難しくなった。それが身にしみてわかってきたからだ。そ

## 第12章　悪い魔女をさがして

れで何時間もさめざめと泣くことがあり、そんなときトトはドロシーの足もとにすわってご主人さまの顔をじっと見上げ、クーンと鳴いていっしょに悲しむ。ほんとうは、トトはカンザスにいようが、オズの国にいようが、ドロシーがそばにいてくれさえしたら、どっちでもかまわない。ただドロシーが悲しんでいるのを知っているので、自分も悲しくなるのだった。

　一方、悪い魔女は、ドロシーがいつもはいている銀の靴が欲しくてたまらない。ミツバチもカラスもオオカミも、みんな死んで役立たずの山になってしまったし、黄金の帽子の魔力も使い切ってしまった。でも銀の靴を自分のものにできたら、これまでに失ったものを補ってあまりあるだけの力を得られるからだ。それでドロシーをよくよく見張って、靴を脱いだら盗もうと考えた。しかしドロシーは美しい靴が誇らしくてたまらず、夜寝るときと風呂に入るとき以外はずっとはきっぱなしだった。魔女は闇がこわいので、夜にドロシーの部屋まで行くことはできないし、闇以上に水をひどくおそれていたので、ドロシーが風呂に入っているときも近寄れない。それどころか水には決して手をふれず、水がかからないよう、あらゆる場面で気をつかっていた。

　しかしこの魔女はずる賢いこと天下一品で、欲しいものを手に入れる方法をとうとう考え出した。キッチンの床のまんなかに鉄の棒を置き、それに魔法をかけて人間の目には見えないようにした。キッチンを歩いていたドロシーは、そこにあるとは知らずに鉄の棒につまずき、バタンと大の字に倒れてしまった。

　それほど痛くはなかったが、倒れた拍子に銀の靴の片方が脱げてしまった。はきなおそうと手をのばしたところ、いち早く魔女がひったくり、やせこけた足にはいてしまった。

　まんまと成功したと、魔女は大喜び。これで靴の魔力の半分は自分のものになった。ドロシーにもまだ半分残っているとはいえ、たとえ使い方を知ったとしても、それで自分に反撃してくることはないだろう。

　美しい靴の片方を奪われたとわかってドロシーは怒り、魔女にいった。「あたしの靴を返して！」

　「いやだね」魔女がいいかえす。「もうこれはあたしのもんだ、あんたの靴じゃないんだよ」

　「なんてひどい人なの！」ドロシーが怒鳴った。「あたしの靴なんだから、返して！」

　「なんといわれようと、もうこっちのもんさ」魔女はドロシーを笑いとばした。「いずれもう片方もいただくからね」

　ドロシーはかんかんになり、手近に置いておいた水の入ったバケツをつかんで、ザバッ！魔女の頭から足までずぶぬれにした。とたんに魔女は大きな悲鳴をあげ、驚いたことに、みるみるちぢんで、床にどろりと広がっていった。

　「なんてことをするんだい！」魔女がさけぶ。「溶けて消えちまうよ！」

★★★★
すばらしいオズの魔法使い

　「うわっ、ごめんなさい」ドロシーはおそろしくてならない。茶色い砂糖のかたまりが溶けるように、目の前で魔女がほんとうに溶けていったからだ。
　「あたしは水をかけられたらおしまいだって、知らなかったのかい？」魔女はどうすることもできず、泣き声になっている。
　「知らないわ。知るわけない！」
　「もういい、あと数分もすれば、あたしゃすっかり溶けて、この城はおまえのものになる。たしかに悪いことばっかりしてきたけど、まさかこんな小娘に溶かされて終わるなんて、思いもしなかったよ。いざ——さらば！」
　それを最後に魔女は茶色の液体になって、キッチンの掃除した床に流れて広がった。そうして見ているそばから、完全に溶けてしまった。ドロシーは新たに水をバケツに入れてきて、床のよごれにかける。それからモップでドアの外に掃き出した。あとには魔女のはいていた銀色の靴だけが残り、ドロシーはそれを拾ってほこりを払い、布でふいてからまた自分の足にはいた。あとはもう何をしても自由なので、西の悪い魔女がついに死んで自分たちは解放されたことをライオンに教えようと、中庭に走り出した。

## 第 13 章
## 救出作戦
きゅう しゅつ さく せん

## 第13章　救出作戦

バケツの水で悪い魔女を退治できたときいてライオンは大喜び。ドロシーはすぐに鉄柵の鍵をあけてライオンを自由にした。ふたりで城のなかに入ると、ドロシーは何よりも先にウィンキーを全員呼び集め、もう奴隷の身分ではなくなったことを教えた。

黄色いウィンキーたちの喜びようといったらなかった。長いこと悪い魔女にこきつかわれてきたばかりか、残酷の極みといえる仕打ちにずっと苦しんできた、その日々がついに終わったのだ。ウィンキーは今日を祝日とし、それからは毎年この日になるとごちそうを食べて踊ることにした。

「ここにかかしとブリキのきこりがいたら、もういうことなしなんだが」とライオン。

「何とかして助け出せないかしら？」ドロシーが熱をこめていう。

「やってみようじゃないか」ライオンがいった。

それでふたりは黄色いウィンキーたちに、仲間を助けるのに力を貸してくれないかと頼んでみた。するとウィンキーは、ドロシーの力になれるなら、こんなにうれしいことはない、なにしろ自分たちを解放してくれたのだからと、ふたつ返事で引き受けた。

それでドロシーは、いちばんものを知っていそうなウィンキーをできるだけ集め、みんなで出発した。その日から次の日までひたすら歩きつづけて、一行はブリキのきこりが倒れている岩だらけの大地に到着した。ブリキの肌はでこぼこで、あちこちねじれてつぶれ、見る影もなかった。かたわらに斧が転がっていたが、刃はさびついて、持ち手は折れて短くなっている。

ウィンキーたちはきこりをそっと抱きあげ、ふたたび黄色い城へ運んでいくことにする。友の変わり果てた姿にドロシーは涙をぽろぽろこぼし、ライオンは顔を曇らせて、くやしそうだった。城に着くとドロシーは「あなたたちの国に、ブリキ職人はいる？」ときいた。

「ええ、います。なかにはとびっきり腕のいい職人もおります」

「じゃあ、連れてきて」

まもなくブリキ職人たちが必要な道具をすべてかごに入れてやってきた。

「きこりさんの、こういうへこんだ部分や、曲がった部分をもとどおりにすることはでき

る？　折れてしまった部分をハンダづけするのは？」
　職人たちは、ブリキのきこりの各部を念入りに確認してから、もとどおり直すことができますといってくれた。それで城内にある大きな黄色い部屋のひとつを工房にして、さっそく修理が始まった。3日と4晩かけて、金づちをふるい、トントン、カンカンやって足や胴や頭のねじれたところ、へこんだところを直し、バラバラになった部分をハンダづけし、最後にぴかぴかに磨きあげて、ついにきこりはもと通りになった。関節もすべて、以前のようになめらかに動く。

## すばらしいオズの魔法使い

　継ぎはぎになっている部分もあったけれど、職人の腕がよいのでほとんど目立たないし、もとよりきこりはかっこうをつける男ではなかったから、少しも気にしなかった。
　修理が終わってドロシーの部屋に入っていったきこりは、助けてくれたお礼をいいながら、うれしさに涙をこぼした。またさびつくといけないので、ドロシーはきこりの涙をエプロンできれいにふいてやる。そうしながら自分もまた、なつかしい友だちにふたたび会えたうれしさに、涙がぽろぽろこぼれたが、こちらはふきとる必要はなかった。涙を流しているのはライオンも同じで、しっぽの先で何度もぬぐったので、ぐっしょりぬれてしまい、そのあと中庭に出て、お日さまの下で乾かさないといけなかった。
　きこりはドロシーからこれまでのことをすべてきくと、「あとは、かかしさえここにいてくれたら、もう何もいうことはないんだが」といった。
　「なんとかして見つけなきゃ」とドロシー。
　それでウィンキーたちを呼んで力を貸してくれるよう頼み、その日から次の日にかけて、ずっと歩きまわった果てに、ツバサザルがかかしの服を放り投げた、あの高い木を見つけた。
　これがまたものすごく高い木で、幹がつるつるすべるのでだれものぼれない。しかしきこりがすぐ解決策を見つけた。「わたしが切り倒そう。そうすればかかしの服を取りもどせる」
　じつはきこりの体をブリキ職人たちが修理しているあいだ、金細工職人のウィンキーたちが斧の持ち手を純金で製作して、折れた古い持ち手と取り替えてあった。ほかのウィンキーたちは斧のさびをきれいに取り去って、光沢のある銀のようになるまでぴかぴかに磨いていた。
　きこりはいうが早いか、斧をふりあげてあっというまに仕事を終え、大木は大きな音を立てて倒れ、梢にひっかかっていたかかしの服が地面に転がった。ドロシーがそれを拾うと、ウィンキーが城へ運んでいって、清潔なわらをつめた。気がつけばすっかりもと通り！　かかしはみんなに何度も何度も、助けてもらったお礼をいった。
　こうして再会を果たした旅の仲間は、黄色い城で楽しいときを数日過ごした。そこには何もかもそろっていて、じつに居心地がよかった。
　けれども、ある日ドロシーがエムおばさんのことを思い出した。「そうよ、オズのところへもどって、約束を果たしてもらわなきゃ」
　「そうだ、これでようやく心がもらえる」きこりがいう。
　「おいらは脳みそをもらうんだ」かかしもうれしそうにいう。
　「おれは勇気がもらえるわけだ」ライオンは期待をこめていう。
　「あたしはカンザスにもどるの」ドロシーははしゃいで手を打ち合わせた。「さっそく明日、エメラルドの都へ出発よ！」

✦✦✦✦
第13章　救出作戦

　これで話は決まった。翌日みんなはウィンキーたちを呼び集めてさよならをいった。ウィンキーたちはわかれるのが残念そうだった。ブリキのきこりととても親しくなったので、どうかここにとどまって、黄色い西の国を治めてくださいと頼んだ。それでもみんなの決心が固いとわかると、トトとライオンそれぞれに金色の首輪を、ドロシーにはダイヤモンドのついた美しい腕輪をプレゼントした。かかしには、転ばなくてすむように金の柄のついたステッキを、ブリキのきこりには黄金と宝石をちりばめた銀の油差しをプレゼントした。
　これに対して旅の仲間たちはひとりずつ順番に、ていねいにお礼の言葉を述べ、腕が痛くなるまでみんなと握手をした。
　魔女の戸棚から、旅に必要な食料を選んでバスケットにつめているとき、ドロシーは黄金の帽子を見つけた。試しにかぶってみると、ぴったりだった。この帽子に備わる魔力については何も知らなかったが、とてもきれいだったので、旅にはこちらをかぶっていくことにして、ボンネット帽はバスケットにしまった。
　やがて準備がととのって、みんなはエメラルドの都をめざす旅に出発した。出がけにウィンキーたちは万歳三唱をして、旅の無事を祈ってくれた。

## 第 14 章

## ツバサザル

## 第14章　ツバサザル

悪い魔女の城とエメラルドの都を結ぶ道はなかったのを覚えているだろうか。ほんの踏み分け道さえないのだ。ドロシーたち4人が魔女をさがしに出ていったときは、魔女のほうからみんなを見つけてツバサザルを送り出し、そのサルたちに城へ運ばれたのだった。

しかし、キンポウゲと黄色いデイジーの咲く広大な野原を歩いてエメラルドの都にもどるのは、空を運ばれていくよりずっと大変だった。もちろん方角はわかっている。とにかく東へ、東へ、太陽がのぼる方向へ歩いていけばいいわけだから、最初のうちは問題なかった。しかしお昼になると、太陽はみんなの頭上にあって、どっちが東でどっちが西かわからない。結局、広大な野原のなかで迷子になってしまった。

それでもとにかく歩きつづけ、夜になると月が出てきて、あたりをまぶしく照らした。みんなは甘い香りのする黄色い花のなかに身を横たえ、朝が来るまでぐっすり眠った。もちろん、かかしとブリキのきこりは寝なかった。

翌朝、太陽は雲のかげに隠れてしまったが、まるで方角はわかっているというように、みんなは歩きだした。

「どんどん歩いていけば、いつかきっとどこかに着くわ」ドロシーがいう。

けれども来る日も来る日も目の前には、黄色の野原が広がるばかり。かかしが少し不満をもらした。「完全に道をまちがえてるよ。早いとこエメラルドの都に着かないと、おいらは脳みそをもらえない」

「心ももらえない」とブリキのきこり。「さっさとオズのところへ行きたいのにまったくめどがつかず、わたしはもう限界だ」

「だよなあ。どこにも着きそうにないのに、このままずっと歩きつづけるなんて意気地はおれにはないよ」弱虫ライオンが弱音を吐いた。

しまいにドロシーもやる気をなくした。草の上に腰をおろし、仲間たちの顔を見る。するとみんなも腰をおろしてドロシーを見た。トトもこれほど疲れたのは生まれて初めてで、頭の上をひらひら舞うチョウチョを追いかける元気もなかった。それで舌をだらりと垂らしてはあはあ息をし、これからどうするのという顔でドロシーを見つめた。

「野ネズミを呼んだらどうかしら」ドロシーが提案する。「きっとエメラルドの都へ行く道を教えてくれるわ」

「その手があったか」かかしがさけんだ。「なんで、早く思いつかなかったんだ？」

ドロシーは野ネズミの女王からもらって以来ずっと首から下げていた小さな笛を吹いた。まもなくパタパタと小さな足が駆けてくる音がして、灰色の小さなネズミの群れが走ってきた。そのなかに女王もいて、小さなキーキー声できく。
「みなさん、何をお困りですか？」
「道に迷ってしまったの」とドロシー。「エメラルドの都へどう行けばいいのか、教えてもらえませんか？」
「お安いご用です」野ネズミの女王がいう。「ですが、遠いですよ。ずっと逆方向に歩いてきたわけですから」そこで女王はドロシーのかぶっている黄金の帽子に目をとめた。「あら、どうしてこの帽子の魔法をつかって、ツバサザルを呼び出さないんです？　彼らなら、1時間もしないでオズの町へ運んでくれますよ」
「魔法の帽子だなんて、知らなかった」ドロシーはびっくりしていった。「どうやってつかうの？」

## 第14章 ツバサザル

「帽子の内側に書かれています」野ネズミの女王が教えてくれる。「でも、ツバサザルを呼ぶつもりなら、わたしたちは逃げないと。あれはもうほんとうにいたずら好きで、わたしたちをいじめるのを最高の楽しみにしているんです」

「あたしたちには悪さはしないのかしら？」ドロシーが心配そうにきく。

「ええ、もちろん。黄金の帽子をかぶっている者のいいなりです。では、失礼遊ばせ！」いうが早いか、ほかのネズミたちも従えて一目散に逃げていき、あっというまに姿を消した。

ドロシーが黄金の帽子の内側を見てみると、裏地に何か言葉が書かれていた。これが魔法の呪文かもしれないと思い、慎重に読んでから、また帽子をかぶる。

「エッペ、ペッペ、カッケ！」左足で立って唱えた。

「え、なんだって？」かかしがきいた。ドロシーが何をしているのかわからないのだ。

「ヒィーロ、ホォーロ、ヘェロー！」続けてドロシーは右足で立って唱えた。

「ハロー！」きこりはあいさつだと思ったらしい。

「ジッズィ、ズッズィ、ジク！」ドロシーは両足で立っていった。これで呪文は終わりだ。まもなくギャアギャアいう声と、ツバサをバサバサやるやかましい音を響かせて、ツバサザルの一団がこちらへ飛んできた。

ドロシーの前でボスザルが深くおじぎをする。「お望みはなんでしょう」

「エメラルドの都へ行きたいの」とドロシー。「わたしたち、道に迷ってしまって」

「ではお運びしましょう」とボスザルがいいおわらないうちに、早くもドロシーは2匹のサルに腕をつかまれて空に浮かんでいた。ほかのサルたちが、かかし、きこり、ライオンをつかんで飛びたち、最後に小さなサルが、トトをつかんであとからついていく。トトは運ばれながら、サルにかみつこうとがんばっている。

最初、かかしときこりはおびえていた。以前にツバサザルから受けたひどい仕打ちを覚えていたからだ。ところが今回は悪さをする気配はまったくないので、ふたりははるか下に広がる美しい庭や森を見おろしながら、空の旅を心から楽しんだ。

ドロシーもまた、いちばん大きなツバサザル2匹に両側から支えられて、心地よい旅をしていた。そのうちの1匹はボスザルで、もう1匹のサルとみずから手を組み合わせて椅子をつくり、ドロシーを傷つけないよう注意して運んでいる。

「どうしてあなたたちは、黄金の帽子をかぶっている人の願いをきかなきゃいけないの？」ドロシーはきいた。

「それがまあ、話せば長い話でして」ボスザルが答え、翼をふるわせて笑った。「とはいえ時間はたんまりありますから、ご所望なら、ひとつ時間つぶしにおきかせしましょうかね」

「ぜひききたいわ」とドロシーがいい、ボスザルが語りだした。

「むかーしむかし、自分たちは大きな森で自由に暮らしておりました。木から木へ飛び移り、木の実や果物を食べ、だれを主人と呼ぶこともなく、やりたい放題好き放題。まあ、ときにいたずらが過ぎるやつもいたでしょうな。空から飛びおりて、翼のない動物のしっぽをひっぱったり、小鳥を追いかけたり、森を歩いてる人間に木の実を投げつけたり。何に気がねすることなく、楽しいことばっかりやって、人生の1分1秒を楽しみ尽くしていたんです。いまとなってはそれもはるか昔のこと。まもなく雲のあいだからオズが現れて、この国を支配しましたからね。

　北から離れたここには、当時美しい姫が住んでおりまして、強い力を持つ魔法使いでもありました。この姫が魔法をつかうのはすべて人助けのため。善人を傷つけるなんてことは絶対しないと、そりゃもう有名でした。姫の名前はゲイエレッテといって、いくつもの大きなルビーの塊でこしらえた、そりゃもう美しい宮殿に暮らしておりました。

　だれからも愛された姫でしたが、自分が愛をささげる相手が見つからないってのが悩みの種でございました。そりゃそうでしょう、これだけべっぴんで頭も切れる姫とならべたら、どんな男もかすんで、とんとつりあいがとれません。それでもついに、高潔で見目麗しい少年が見つかりました。まだ幼いというのに、これがもう大変な切れ者です。

　この少年が大きくなったらゲイエレッテは将来の夫にしようと心を決め、ルビーの宮殿に連れ帰りました。そうしてこの少年に、持てる魔力のありったけをつかい、強く優しく麗しい、どんな女性でも夫にしたいと願う男にしたんです。

　その男の名はクエララといまして、大人になれば、国いちばんの善良で賢明な男といわれ、男ぶりもすこぶるいいものだから、ゲイエレッテはすっかりほれこみ、一刻も早く結婚にこぎ着けようとあらゆる準備を急がせました。

　そのころ、ツバサザルのボスを務めていたのが、わたしの祖父でして、ゲイエレッテの宮殿近くの森に暮らしておりました。これがもう3度の飯よりいたずらが好きという、まったくやんちゃなじいさんでして、もう結婚式も目前に迫ったある日、群れをひき連れて飛んでいると、川ぞいをクエララが歩いているのを見つけました。ピンクの絹と紫のベルベットという豪華な衣装でめかしこんでいる。いったいどれほどの男か見てやろう。じいさんはそう思ったんでしょうな。仲間たちに何かささやいたとたん、群れがいっせいに飛びおりてクエララの腕をつかみ、あっというまに川のなかほどまで運んでいき、水のなかへボッチャーン！

　『そこのおかた、泳いであがってきたらどうだい』じいさんが大声で呼びかけました。『自慢のお召しものが、しみだらけになってるんじゃないのかねえ』

　クエララにしてみれば、そんなことは百も承知。さっそく泳ぎだしました。何もかも恵まれていながら、そこに甘えない男だったんですな。それで水面に顔を出すとほがらかに笑い、

## 第14章　ツバサザル

岸まで泳いでいきました。
　しかしそこへ、ゲイエレッテが駆けつけてきたから、さあ大変。クエララの着ている絹とベルベットの服が川の水で台無しになっていると知って、かんかんに怒りました。もちろんだれのしわざかわかっていたんで、ツバサザルを目の前にずらりとならばせ、これからおまえたちの翼をしばりつけて川に放りこみ、クエララと同じ目にあわせてやりましょうといった。
　これには、じいさんもあわてましてなあ。しばられて川につっこまれたんじゃあ、ツバサザルはおぼれ死んじまう。で、平身低頭、どうかゆるしてくださいと、ひらあやまりにあやまった。クエララもとりなしてくれたんで、ゲイエレッテはある条件と引きかえにツバサザルを助けてやることにしました。今後、黄金の帽子の持ち主の願いを、3回ずつきいてやれというのです。この帽子はそもそもクエララへの結婚の贈りものとしてつくらせたもので、そのために姫は王国の領地半分を手放したといわれております。もちろん、うちのじいさんもほかのツバサザルも、ふたつ返事で承諾し、それ以降、だれが黄金の帽子を持っていようと、ツバサザルは持ち主の願いを3回きくことになった。とまあ、そういう話なんでございますよ」
　「それからどうなったの？」ドロシーは話にすっかり引きこまれていた。
　「黄金の帽子の最初の持ち主はクエララでしたから、まずは彼の願いをききました。ゲイエレッテと結婚したあと、クエララはツバサザルをこの森に呼び出し、妻はおまえたちの姿を見るのが堪えられないから、どうか妻の目に入らない場所にいてほしいというのが、その願いでした。わたしらはゲイエレッテをおそれていましたから、そりゃもう願ったりかなったりで、喜んでそうしました。
　と、そこまでが、黄金の帽子が西の悪い魔女の手に渡るまでのお話でして。西の悪い魔女はこの帽子をつかって、ウィンキーを奴隷にするよう、わたしらに命令し、それがすむと、次はオズを西の国から追い出せと命じた。その帽子が、いまやあなたのものとなった。それで今度はあなたの願いを3度ききましょうと、そういう話でして」
　話が終わってドロシーが下を見ると、緑色をしてきらきら輝くエメラルドの都の城壁が見えてきた。飛翔するツバサザルに運んでもらう空の旅はすばらしい心地だったが、やはり旅が終わってうれしかった。
　都の門の前にドロシーたちはそっとおろされた。ボスザルはドロシーに深くおじぎをするとすみやかに飛びたち、仲間も全員あとに続いた。
　「ああ、楽しかった」とドロシー。
　「ああ、それにこんなにあっさり問題が片づくとはな」ライオンがいう。「きみがすばらしい帽子を持ってきてくれたおかげだ！」

― 第 15 章 ―
# おそるべきオズの正体

## 第15章 おそるべきオズの正体

4人はエメラルドの都の大きな門へ近づいていって呼び鈴を鳴らした。数回鳴ったあとで、以前に会ったのと同じ門番が顔を出した。

「なんと！　もどられたのですか？」びっくりしている。

「見てのとおり」かかしがいった。

「しかし西の悪い魔女のところへ行ったと思ってましたが」

「そうそう、行ってきたんだ」とかかし。

「あの魔女がまたここへ帰してくれたと？」門番はまだ驚いている。

「そうするしかないさ、溶けちまったんだから」かかしが説明した。

「溶けた！　それはじつにいい知らせです」と門番。「だれが溶かしたのです？」

「ドロシーだ」ライオンが重々しくいった。

「なんと、まぁ！」門番がいい、ドロシーに向かって、転げそうなほど深くおじぎをした。

それから門番小屋にみんなを引き入れ、以前と同じように、大きな箱から取り出しためがねを全員にかけさせてから、鍵をかけた。

そのあとみんなは門をぬけてエメラルドの都へ入っていった。ドロシーが西の悪い魔女を溶かしたと門番からききつけた住人がやってきて一行を囲み、大勢でぞろぞろとオズの宮殿へと向かう。

宮殿のとびらの前には、まだ緑のひげを生やした兵隊がいたが、すぐになかに通してくれて、みんなはふたたび、美しい緑の娘にむかえられた。娘は以前と同じ部屋にそれぞれを案内し、オズさまの準備がととのうまで、そこで休んでくださいという。

ドロシーとほかのみんなが悪い魔女を倒してもどってきたことは、すでに兵隊からオズへ報告済みだったが、オズからはなんの返事も来ない。みんなはすぐオズに呼ばれると思ったのに、そうではなかった。翌日も、その翌日も、そのまた翌日も、なんの連絡もないまま過ぎていった。じっと待っているのは身も心もつかれるもの。あれだけ大変な目にあい、奴隷にまでされたというのに、こういう態度はないんじゃないかと、ついにみんなはオズに怒りだした。しまいにかかしは緑の娘に頼んで、新たにオズに伝言を送ってもらうことにした。早いところ呼んでくれないと、こっちはツバサザルを呼び出して、オズさまはほんとうに約束を守る気があるのかどうか、たしかめさせるというのだ。

この伝言を受けとるなりオズはひどくおびえだし、翌朝9時4分過ぎに全員、玉座の間に

来るようにと伝えてきた。ツバサザルには西の国で一度会ったことがあり、二度と会いたくない相手だった。

　4人は眠れぬ夜を過ごし、それぞれにオズからもらう約束のものについて想像をたくましくしていた。ドロシーは一度だけうとうとして、そのとき見た夢のなかでカンザスのエムおばさんに再会し、よくもどってきてくれたと大喜びされた。

　翌朝9時ちょうどに緑のほおひげを生やした兵隊がやってきて、その4分後に4人はオズの玉座の間に入った。

　当然ながらみんなはそれぞれ、以前に会った姿でオズが登場するものと思っていた。それなのに部屋はからっぽで、どこにも姿がないものだから、みんなはひどく驚いた。4人はドアのそばから離れず、だんだんに身を寄せ合った。どんな姿をとってオズが現れるよりも、しんと静まりかえったからっぽの部屋はおそろしかったのだ。

　まもなく、おごそかな声がきこえてきた。大きな丸天井のあたりからきこえてくるようで、こんなことをいう。

　「わたしはオズ、強くておそろしい魔法使いである。おまえたちは何の用があってきたのだ？」

　みんなはふたたび部屋じゅう目をきょろきょろさせて声の主をさがすが、やっぱりどこにもいない。それでドロシーがきいた。

　「どこにいらっしゃるんですか？」

　「わたしはどこにでもいる」声が答えた。「しかし、並の者の目には見えないのだ。ではこれから自分の玉座に腰をおろすぞ。これでそなたらと話ができる」

　たしかに今の声は、玉座からまっすぐきこえてきたようだった。それでみんなはそちらへ歩いていき、1列にならんだところでドロシーがいった。

　「オズさま、約束を果たしてもらいにやってきました」

　「どんな約束だ？」オズがきく。

　「悪い魔女を倒したら、わたしをカンザスに帰すと約束してくださいました」

　「おいらには脳みそをくれると約束した」かかしもいう。

　「わたしには心をくれるという約束だった」ブリキのきこりがいう。

　「おれには勇気をくれるといった」弱虫ライオンもいう。

　「悪い魔女はほんとうに死んだのか？」声がいい、それがドロシーの耳には少しだけふるえているようにきこえた。

　「はい、あたしがバケツの水で溶かしました」ドロシーが答える。

　「なんと！」声がいった。「まさかの事態！　明日来てくれ、じっくり考えないといかん」

## 第15章 おそるべきオズの正体

「時間なら、もう十分あったじゃないですか」ブリキのきこりが怒っていった。
「もう一日だって待てない」とかかし。
「約束なんだから守ってよ！」ドロシーが声を張りあげた。
ライオンは、ここはひとつ相手をおどしてやるのがいいだろうと思い、大きな声で思いっきりほえた。その声に驚きおびえてトトが飛びのき、すみにあったついたてをひっくりかえしてしまった。バタンという音でみんなの目がそちらに集まり、次の瞬間、全員が驚きに目を見張った。というのも、ついたてで隠れて見えなかったちょうどそこに、はげ頭でしわだらけの小さな老人が立っていたからだ。老人のほうも、みんなと同じぐらい驚いているようだった。

## 第15章　おそるべきオズの正体

　きこりが斧をふりあげて向かっていく。「おまえはだれだ！」
「わたしはオズ、強くておそろしい魔法使いだ」小柄な老人はふるえる声でいった。「切らないでくれ、頼む。何でもいうことをきくから」
　みんなは驚きと失望のまじった目で男をまじまじと見た。
「オズは大きな頭だと思ってたけど」とドロシー。
「美しい貴婦人だと思ってた」とかかし。
「わたしはおそろしい獣だと思っていた」きこりがいう。
「おれは火の玉だと思っていた」とライオン。
「いや、みんなちがう」男はおずおずといった。「芝居をしてたんだよ」
「芝居！」ドロシーがさけんだ。「あなたは偉大な魔法使いじゃないの？」
「しーっ、頼むから大きな声を出さないでくれ。だれかにきかれたらどうする。わたしは一巻の終わりだ。ここでは偉大な魔法使いとして通っているんだから」
「そうじゃないの？」ドロシーがきいた。
「いやまったくそうじゃなく、わたしはふつうの人間なんだ」
「ふつうじゃない、ペテン師じゃないか！」今にも泣きだしそうに、かかしがいった。
「ご名答！」男がいって、両手をもみ合わせる。まるでそういわれたのがうれしいようだった。「わたしはペテン師なんだ」
「冗談じゃない。それじゃ、わたしは心をもらえないのか？」ときこり。
「勇気をもらえないっていうのか？」とライオン。
「脳みそはもらえないの？」かかしが泣きながらいい、上着のそでで目から涙をぬぐう。
「おいおい、みんな」とオズ。「そんなちっぽけなことを気に病まないでほしいね。こっちはいままさに正体がばれてしまった。それこそ、おおごとなんだから」
「あなたがペテン師だって、ほかの人は知らないの？」ドロシーがきいた。
「だれも知らない。きみたち４人と、このわたし以外には。長いことだまし通せたものだから、もう絶対ばれないと思っていた。きみたちをこの部屋に入れたのが大きなまちがいだった。ふだんわたしは、家来とも顔を合わせない。それでみんな、わたしはおそろしい魔法使いだと信じている」
「だけど、おかしいわ」わけがわからずドロシーがいう。「どうしてわたしには、大きな頭に見えたの？」
「それはわたしのトリックのひとつ」オズが答える。「こっちへ来てくれたまえ。くわしく教えてあげよう」

オズはみんなを連れて、玉座の間の奥にある小さな部屋へ歩いていった。オズが指さす先を見ると、部屋のすみに、紙を重ね張りしてつくった大きな張り子の頭があった。ペンキでていねいに目鼻が描かれている。
「これを天井から針金でつるしたんだ。わたしはついたてのうしろに立って、糸をひっぱることで、こいつの目を動かし、口をパクパクあけさせる」

「だけど声はどうするの？」ドロシーはきいた。
「ああ、わたしは腹話術師でね。どこからでも声を出せる。まるで頭がしゃべっているように思わせることができるんだ。ほら、ほかにもこんなしかけをつかった」
　オズは美しい貴婦人のふりをしていたときのドレスと仮面をかかしに見せた。きこりが見たおそろしい獣の正体はといえば、たくさんの革をつなぎ合わせた人形で、薄板でつくった骨格をなかに入れて両わきを張り出し、それらしく見せていた。火の玉は、これも天井からつるしただけ。木綿を球にしたもので、油を注ぐと燃えさかるようになっていた。
「そんなふうに人をペテンにかけて、恥を知れといいたいね」とかかし。
「ああ、そうだな」悲しげにいう。「だが、わたしにはそうするしかないんだ。まあ、すわってくれたまえ。椅子はいくらでもある。わたしの身の上話をきいてもらおう」
　みんなが腰をおろすと、オズが語りだした。
「わたしが生まれたのはオマハ——」
「カンザスからそんなに遠くないじゃない！」ドロシーが声をあげる。
「ああ、だがここからは遠い」そういって悲しげに首を横にふる。「幼いころから、腹話術師になるべくきたえられ、すばらしい師匠について、めきめきと腕を上げた。鳥だろうと動物だろうと、なんでもそっくり真似ができる」ここでオズが「ミャー」と子ネコの鳴き真似をすると、トトがぴんと耳をたて、声の主をさがしてきょろきょろ見まわした。
「だがそれにも飽きると、そのあとわたしは、気球飛行士になろうとした」
「それ、なあに？」
「サーカスが開催される日に気球に乗って空に上がり、大勢の人が観にきてくれるように宣伝するんだ」
「ああ、それなら知ってるわ」
「それでその日も気球に乗って空に上がっていたんだが、ロープがねじくれてしまって、地上におりることができない。雲の上まで上がっていくと、今度は気流につかまって、どこまでもどこまでも遠く運ばれていった。まる１日空を運ばれていって、２日目の朝に目が覚めると、気球は見たこともない美しい国の上空に浮かんでいた。
　それから気球はしだいに地面におりていき、わたしはかすり傷ひとつ負わずに着陸した。しかし気がつけば、まわりには奇妙な人たちがいて、こっちをじっと見ている。雲間からおりてきたものだから、ここの住人はわたしを偉大な魔法使いだと思ったんだ。もちろんこっちはそう思わせておいたよ。みんなわたしをおそれ、なんでもいうことをきくと約束したからね。
　それでこの町と、わたしが暮らす宮殿を建設させたんだ。なんだか楽しそうだし、みんな

いそがしくなって、よけいなことを考えなくなると思ってね。いざ作業にかかれば、ここの住人はみな働き者で腕もじつにいい。できあがったのが緑の美しい町だったので、わたしはエメラルドの都と名づけた。そうしてその名にさらにふさわしい都になるよう、全員に緑のめがねをかけさせた。目に入るものすべてが緑に見えるようにね」

「じゃあ、ここにあるものすべてが緑、というわけではないの？」とドロシー。

「そんな町はありゃしない」とオズ。

「だが緑のめがねをかけていれば、なんでもかんでも緑に見えるというわけだ。エメラルドの都が建設されてからもう長い年月がたっている。ここに気球でたどりついたときにはまだ若かった自分も、もうすっかり老いぼれだ。だがここで暮らす者たちは、緑のめがねさえかけていれば、自分たちはエメラルドの都に住んでいるとずっと信じていられる。

事実、美しい町なんだよ。宝石や貴金属があふれていて、人を幸せにするのに必要なものがなんでもある。わたしはずっとみんなによくしてきたし、みんなのほうでもわたしを好いてくれた。しかしこの宮殿ができて以来、わたしは引きこもり、だれとも顔を合わせなくなった。

わたしが最もおそれていたのは魔女たちだ。わたしには魔法をつかえる力は備わっていないが、魔女たちにはすごいことができるとわかってきた。この国には4人の魔女がいて、東西南北に暮らす人々をそれぞれに治めていた。幸い、北と南を治めているのはよい魔女で、わたしに危害を加えるようなことはないとわかっていた。しかし東と西の魔女はどうしようもなく悪いやつらで、わたしのほうが自分より強いと思っていなければ、まちがいなく倒される。だから長いことずっとびくびくしながら暮らしてきたんだ。

そんなときにきみの家が東の悪い魔女の上に落ちたときいて、わたしがどれだけ喜んだか想像してほしい。きみがわたしを訪ねてきたときには、もしもうひとりの悪い魔女を倒してくれるなら、どんな願いでも喜んできこうと思ったよ。そうしてきみは、その魔女を溶かしてくれた。だが恥ずかしながら、わたしには約束を守ることができないんだ」

「ひどい人」とドロシー。

「いや、そうじゃなくて、わたしはいい人なんだよ。魔法使いとしてはひどいがね」

「おいらに脳みそを入れることはできないのかい？」かかしがきいた。

「入れる必要はない。きみは日々大事なことを学んでいる。赤ん坊の頭には脳みそが入っているが、まだあまり物を知らない。知識をもたらすのは経験だけだ。そして経験は生きているかぎり、まちがいなく増えていく」

「そりゃまあ、わからないこともないけど」とかかし。「けど、おいらは脳みそをもらえないかぎり、これっぽちも幸せにはなれないんだよ」

## 第15章 おそるべきオズの正体

　ニセ魔法使いはかかしをじっと見た。
「そうか」ため息をついた。「すでにいったように、わたしはダメな魔法使いだが、もし明日の朝もう一度ここに来たら、きみの頭に脳みそをつめてやろう。しかし、それをどうやってつかうのかは、教えることができない。それは自分で見つけるんだ」
「うわ、やった——ありがとう！」かかしが歓声をあげる。「使い方は自分で見つけるから、心配いらないよ！」
「だが、おれの勇気はどうなる？」ライオンが心配そうにいう。
「きみには山ほどの勇気があるじゃないか」とオズ。「きみに必要なのは自信だよ。危険に直面しておそれない生き物はこの世にいない。本物の勇気は、おそろしくとも危険と正面から向き合おうとする気持ちなんだ。そういう勇気ならきみにはあふれるほどある」
「まあ、そうともいえるな。しかしやっぱりおそろしい」とライオン。「勇気をもらわなきゃ、おれはだめだ。おそろしさを忘れさせてくれるような勇気を」
「よくわかった。きみには明日、そういう勇気をやろう」オズがいった。
「わたしの心は？」ブリキのきこりがきいた。
「なんでそんなものが欲しいのやら」とオズ。「わたしにいわせれば、心を欲しがるなんておかしいよ。そんなものを持ってるから、たいがいの人間が不幸になる。もしそれがわかっていたら、心がなくてよかったとそう思うはずだ」
「しかし、それは考え方によりけり」ときこり。「わたしなら、どんな不幸も文句ひとついわず耐えられる。心さえもらえるなら」
「そういうものかねえ」弱々しい声でオズがいう。「じゃあ、心を入れてやるから、明日いらっしゃい。長年魔法使いのふりをしていたんだ、あともう少しこの役を続けたって、ばちは当たらないだろう」
「ちょっと待って、じゃあ、あたしはどうやってカンザスに帰ればいいの？」
「それについては、すぐにとはいかない。2、3日、時間をもらってじっくり考え、きみに砂漠を越えさせる方法をさがそう。そのあいだ、わたしの客として宮殿でゆっくりするといい。この国の住人がかしずいて、なんでもいうことをきくよ。で、たいしたことをしないくせに、そのかわりといってはなんだが、ひとつだけ頼みがある。わたしがペテン師だってことをここだけの秘密にしてほしいんだ」
　みんなは、きいたことを何ひとつ口外しないと約束し、意気揚々とそれぞれの部屋に引きあげていった。ドロシーも、「強くておそろしいペテン師」が、カンザスへもどる方法を見つけてくれると期待して、もしそれがかなえば、オズのことをすべてゆるそうと思っていた。

── 第 16 章 ──
# 偉大なペテン師がつかう魔法

## 第16章　偉大なペテン師がつかう魔法

翌朝、かかしは仲間たちにいった。「喜んでおくれよ。これからオズのところに行って、ついに脳みそを入れてもらう。もどってきたときには、おいらも一人前だぜ」

「あたしはいまのままのかかしさんが好きだけど」ドロシーはすなおにいった。

「ドロシーはやさしいから、かかしなんかを好きになってくれる。けど、脳みそを入れてもらえば、すばらしい考えが次々と浮かぶから、きっともっとおいらを見直すよ」それだけいうと、じゃあ行ってくると威勢よくわかれを告げ、玉座の間に行ってドアをたたいた。

「どうぞ」オズの声がした。

かかしが入っていくと、オズは窓辺にすわっていて、何やら深刻に考えこんでいる。

「脳みそを入れてもらいにきました」かかしはちょっと不安になっていった。

「ああ、そうだったね。その椅子にかけてくれたまえ。悪いが頭をはずさせてもらわないといけない。脳みそをきちんと収めるためにね」

「いいよ。ぜんぜんオッケー。もっとよくしてもどしてくれるならね」

それでオズはかかしの頭をはずし、わらを取り出して中身をからっぽにした。それから奥の部屋に入っていって、ぬかをいくらか計って持ってきた。そこに大量のピンと針を入れてよく交ざるようにふる。それをかかしの頭のてっぺんにつめ、残った空間にわらをしっかりつめて固定する。最後にまた頭を体にくっつけ終わったところで、かかしにいう。

「さあ、これできみも立派な人間の仲間入りだ。山ほどの脳みそをぬかりなく入れておいたからね」

いちばんの望みがかなったかかしは、うれしさと誇らしさに胸をふくらませ、オズに厚くお礼をいってから、仲間たちのところへもどっていった。

ドロシーは不思議そうな顔でかかしを見た。脳みそを入れたせいか、かかしの頭はぱんぱんにふくらんでいた。

「どんな感じ？」とドロシー。

「ほんとうに賢くなった感じがするよ」かかしが熱っぽくいう。「慣れてくれば、なんでもわかるようになる」

「どうして頭から針やピンがつんつん飛び出しているんだい？」きこりがきいた。

「頭が鋭くなった証拠だろう」とライオン。
「さてと、じゃあ次はわたしが心をもらいにいってこよう」きこりがいい、玉座の間へ歩いていってドアをノックした。
「どうぞ」オズの声がして、きこりはなかに入った。「心を入れてもらいにきました」
「ああ、わかってる。しかしそれにはきみの胸に穴をあけさせてもらう必要がある。そこから心を正しい場所に入れるからね。痛くないといいんだが」
「いえいえ、わたしはまったく感じないんです」ときこり。
それでオズはブリキ職人のハサミをきこりの左胸に入れて、小さな四角に切りぬいた。それから引き出しのあるところへ行って、そのひとつをあけ、美しいハート形のつめ物をとりだした。絹でできていて、なかにおがくずがつめてある。
「ほら、きれいだろ？」
「ほんとうですね！」きこりが心底うれしそうにいう。「しかし、それは優しい心でしょうか？」
「ああ、とってもね！」オズはそういうと、きこりの胸に心を入れ、それから切り取っておいた四角いブリキをまたかぶせ、きれいにハンダづけした。
「さあ、できあがりだ。これでどんな男でも誇りに思うような心が入ったぞ。胸に継ぎ目ができてしまったのは申し訳ない。だが、こればかりはどうしようもないんでね」
「継ぎ目なんて気にするものですか」きこりがはしゃいでいった。「あなたにはなんとお礼をいったらいいのか、このご恩は一生忘れません」
「いやいや、いいんだよ」とオズ。
ブリキのきこりはそれから仲間たちのところにもどり、みんなからお祝いの言葉をもらった。次はライオンが玉座の間に向かい、ドアをノックした。
「どうぞ」オズの声がする。
「勇気を入れてもらいにきた」ライオンがいってなかに入った。
「ああ、さっそく入れてあげよう」
オズは戸棚へ歩いていって手をのばし、いちばん高い段に置いてある四角い緑のびんを取り出すと、美しい彫刻をほどこした緑がかった金の皿にびんの中身を注いだ。オズはそれをライオンの目の前に置いた。ライオンはくんくんにおいをかいで、いやそうな顔をした。
「お飲みなさい」とオズ。
「これはなんだ？」ライオンがきく。
「これはだな、体のなかに入れば、勇気になる。勇気というのはいつだって、体のなかからふりしぼるものだ。飲みこんで体のなかに入れてしまうまでは、そいつは勇気とは呼べない。

## 第16章　偉大なペテン師がつかう魔法

急いで飲んでしまったほうがいいと思うがね」
　それをきいたとたん、ためらうことなくライオンは皿をからっぽにした。
　「どんな気分かな？」オズがきく。
　「勇気あふれるといった感じかな」そういって、うきうきしながら仲間のもとへもどり、うまくいったことを報告した。
　オズはひとりになると、しめしめとほくそ笑んだ。かかしにも、ブリキのきこりにも、ライオンにも、望みどおりのものを入れてやった。「不可能だとわかっていることを実現するには、人はペテン師になるよりほかあるまい。かかしとライオンときこりを満足させるのはたやすかった。やつらはわたしがなんでもできるものと思いこんでいるからな。しかし、ドロシーをカンザスにもどすには、思いこみだけじゃだめだ。じゃあそれ以外に何が必要か、このわたしにわかるはずもないんだが」

― 第 17 章 ―
# 気球は飛びたったが

## 第17章 気球は飛びたったが

　ドロシーのほうはオズに呼ばれないまま3日が過ぎていた。みんながとてもうれしそうで満足しきっているなか、ひとりだけ悲しい。
　かかしは、頭のなかにすごい考えが次々と浮かんでくるんだと仲間たちにいうものの、その考えの中身については何もいおうとしない。いったところで、自分以外だれもわかりはしないと思っていた。ブリキのきこりはそのへんを歩きまわりながら、胸がドキドキするのを感じ、今度の心は、自分が生身の人間だったときに持っていた心よりずっと優しくて、思いやりが深くなったみたいだとドロシーにいった。ライオンは、もう何もこわいものがなくなったといい、軍隊でも、おそろしいカリダー1ダースでも、喜んで立ち向かってやると豪語した。そんなふうにみんなが満足しているのを見ていると、なおさらドロシーはカンザスに帰りたくてたまらなくなるのだった。
　4日目、うれしいことにとうとうオズから呼び出され、ドロシーは玉座の間に入った。オズはにこにこと愛想よくむかえてくれた。
　「さあ、おかけなさい。きみをこの国から脱出させる方法を見つけたよ」
　「カンザスに帰れるんですか？」ドロシーが勢いこんできく。
　「いや、カンザスまでというと、はいそうですとはいえない。カンザスというのがどこにあるのか、わたしにはさっぱりわからないもんでね。だがまずは砂漠を越えないといけない。それさえ越えれば、きみのうちを見つけるのは簡単だと思うんだ」
　「どうやって砂漠を越えるんですか？」
　「まあ、わたしの考えをきいてほしい。前にも話したが、わたしは気球に乗ってこの国にやってきた。きみもまた、たつまきによって宙を運ばれてきた。つまり、いちばんいいのは宙を飛んで砂漠を越えるということだ。たつまきを起こすのはわたしにはとうてい無理だが、よくよく考えたら、気球をつくることならできそうだという結論が出た」
　「どうやってつくるの？」
　「気球というのは絹でできているんだが、ガスがもれないよう内側ににかわを塗ってある。絹なら宮殿に山ほどあるから、問題なくつくれる。だが、この国のどこをさがしてもガスはない。気球はガスを入れないと浮きあがらないんだ」
　「浮きあがらないのなら、役に立たないわ」
　「そのとおり。だが、浮きあがらせる方法がひとつある。ガスのかわりに熱気を入れるん

だ。ただしガスとはちがって、冷えてしまえば砂漠に落ちて、わたしたちはどうしようもなくなってしまうんだがね」

「わたしたち！」ドロシーは驚いた。「あなたもいっしょに行くの？」

「ああ、もちろん。もうペテン師でいるのはうんざりだ。宮殿から1歩外に出れば、すぐに魔法使いでないことがばれてしまう。みんなはずっとだまされていたことに腹を立てる。となると、やはり四六時中、宮殿にこもっていないといけない。それはもうほんとうに気がふさぐんだ。だったらきみといっしょにカンザスに行って、またサーカスの宣伝をしたほうがいい」

「いっしょに行くのはうれしいわ」

「ありがとう。きみに絹の布地をぬい合わせるのを手伝ってもらえるなら、さっそく気球づくりに取りかかろう」

それでドロシーは針と糸を手に、オズが裁断した絹をぬい合わせていった。オズは、淡い緑、濃い緑、エメラルドグリーンというように、微妙に色合いが異なる緑の布地を切って渡してくる。気球の色に独自のこだわりがあるようだった。

3日かかって、絹の布地が全部ぬい合わされると、長さ6メートルあまりもある巨大な緑の袋ができあがった。オズがこの内側ににかわをまんべんなく塗って、空気がもれないようにする。その作業が終わると、完成だとオズが宣言した。

「ただし、これにはわたしたちが乗るかごが必要だ」オズはそういうと、緑のほおひげを生やした兵隊にいって、巨大な洗濯かごを持ってこさせた。それをたくさんのロープで気球の底に結びつける。

すべて準備がととのうと、オズは住人に向かって、自分はこれから雲間に暮らす魔法使いの兄に会いにいくという知らせを出した。ニュースはまたたくまに都じゅうに広がり、空へと旅立つオズの雄姿をひと目見ようと、あらゆる人々が集まった。

オズは気球を宮殿の前に運ぶよう命じ、人々は興味しんしんでそれをながめた。ブリキのきこりが大きな薪の山をつくって火をつけると、オズが気球の袋の口を火の上にかざす。熱い空気が絹の袋にたまっていくにつれ、徐々に気球がふくらんで、少しずつ地上から持ちあがる。そうしてついには、かごの部分が地面すれすれに浮きあがった。

そこでオズがかごのなかに入り、人々に大きな声で呼びかける。

「これからわたしは雲のかなたへ出かける。そのあいだこの国は、かかしに治めてもらうことにした。わたしの命令に従ってきたように、かかしのいうことをよくきくように」

このときにはもう気球は地面に固定されているロープをぐいぐいひっぱっていた。というのも、内部につまった熱い空気は外の空気より軽く、ロープがなければ空に舞いあがってし

まうのだ。
「ドロシー、早く！」オズがさけぶ。「急がないと、気球が飛んでいってしまうぞ」
「トトが見つからないの」ドロシーはトトを置いていきたくなかった。「どこにもいないのよ」トトは子ネコを追いかけて人混みのなかに突っこんでいた。ようやく見つけて抱きあげるとドロシーは気球に向かって走った。
あともう少し。オズもかごのなかから手をのばしている。さあ、いまだ、と思った瞬間、ピシッ！　ロープがはずれ、気球はドロシーを置いて空に飛びたってしまった。
「もどってきて！」ドロシーはさけぶ。「置いてかないで！」
「もどれないんだよ」オズがかごのなかからいう。「さらばだ！」
「さようなら！」みんながさけんで空を見上げる。かごに乗った魔法使いはどんどん空高く上がっていく。それが、だれにとっても、すばらしい魔法使いオズを目にした最後だった。おそらくオマハに無事着いて、今はそこで暮らしているのだろう。それからも人々は、オズをなつかしく思いおこし、口々にいい合った。
「オズほど頼れる王はいない。ここにやってきて美しいエメラルドの都をつくり、去るときには、自分にかわって国を治めるよう賢者のかかしを残してくれた」
それだけに、すばらしい魔法使いオズを失ってしまった人々の悲しみは尽きず、いつまでも尾を引いたのだった。

## 第 18 章

# 南へ出発

## 第18章　南へ出発

　カンザスへ帰る望みが消えて、ドロシーはさんざんに泣いた。それでも、よくよく考えてみれば、気球みたいなものに乗って空に上がっていかないでよかったとも思えた。だがオズがいなくなってしまったのは残念で、それは仲間たちも同じだった。

　ブリキのきこりがドロシーのところへやってきてこういった。

　「こんなに美しい心をもらったというのに、その人がいなくなって、涙のひとつも流さないようじゃあ、まったくの恩知らずというものだ。もしきみが涙をふいてくれるなら、さびつく心配もなく泣けるのだけど」

　「お安いご用よ」ドロシーはいってすぐにタオルを持ってきた。それからブリキのきこりは数分間泣きつづけ、そのあいだドロシーはよくよく注意して、1粒たりとも見逃さないようタオルで涙をふきとった。

　泣き終わるときこりはドロシーに厚くお礼をいい、宝石をちりばめた油差しをつかって、全身にまんべんなく油を塗ってさび対策をした。

　いまではかかしがエメラルドの都の統治者で、魔法使いでなくとも、住人たちは彼を誇りに思った。「だって世界中どこをさがしたって、わらのつまった王が治める国はここしかないからね」というのがその言い分で、彼らの知るかぎりたしかにそうだった。

　気球がオズを乗せて飛んでいってしまった朝、4人は玉座の間に集まってじっくり相談をした。かかしは大きな玉座にすわり、その前にほかのみんながうやうやしく立っている。

　「そんなに悲観するもんじゃないさ」かかしがいう。「だってこの宮殿とエメラルドの都が自分たちのものになって、好きなようにやっていけるんだ。ふり返ればおいらは、ついこのあいだまで、農場のトウモロコシ畑のまんなかに立つさおにひっかけられていた。それがいまは美しい都の統治者だ。満足この上なしってもんだよ」

　「わたしもだ」とブリキのきこり。「新しい心にほんとうに満足している。世界じゅうでいちばん欲しかった、たったひとつのものが手に入ったんだから」

　「おれだってそうだ。この世に生きるありとあらゆる勇敢な動物の仲間入りをしたんだからな。だれよりも勇敢だとまではいわないが」ライオンが奥ゆかしくいう。

　「あとはドロシーがエメラルドの都で満足して暮らせばいうことはないんだよね」とかかし。「それで全員幸せだ」

　「でも、あたしはここで暮らしたくない」ドロシーが泣き声になっていう。「カンザスに帰ってエムおばさんとヘンリーおじさんと暮らしたいの」

「わかるよ。だがどうしたらいいんだろう？」きこりがきく。
　よし、おいらが名案を出そうと、かかしが知恵をしぼったが、あんまり一生懸命考えたので脳みそにまじっているピンや針がつんつん飛び出してきた。しばらくしてかかしは口をひらいた。
「ツバサザルを呼んで、砂漠の向こうへ運んでもらったらいいんじゃないか？」
「それは思いつかなかった！」ドロシーがうれしそうにいう。「そうよね。すぐ行って黄金の帽子を取ってくる」
　玉座の間にもどってくるとドロシーは魔法の呪文を唱えた。まもなくツバサザルが群れをなして飛んできて、ひらいた窓から室内に入って、ドロシーのとなりに立った。
「さて、いよいよ２度目ですな」ボスザルがいってドロシーにおじぎをする。「今度は何をお望みで？」
「わたしをカンザスまで運んでほしいの」ドロシーがいった。
　しかしボスザルは首を横にふった。
「それはできません。自分たちが生きていけるのはこの国だけで、ここから出ることはできないんです。カンザスにツバサザルが行ったなんて話はきいたこともない。これから先だって、まずないでしょう。ツバサザルには縁のない土地なんです。自分らの力でできることならなんでもしますが、砂漠を越えることは無理な相談ってことで、失礼をいたします」
　ボスザルはもう一度おじぎをすると、翼を広げ、手下たちを従えて窓の外へ飛んでいってしまった。
　あまりにがっかりしてドロシーは泣きだしそうだった。「黄金の帽子の魔力を無駄にしちゃった。ツバサザルでもあたしを助けられないのね」
「まったくひどい話だ！」やさしい心を持ったきこりがいった。
　かかしはまた考えはじめたのか、頭がみるみる大きくふくらんでいく。今にも破裂するんじゃないかとドロシーは心配になった。
「緑のほおひげを生やした兵隊を呼ぼう。彼の助言をきいてみるんだ」かかしがいった。
　それで兵隊が呼ばれて部屋に入ってきた。オズがいたころはドアの奥には１歩も入ることが許されなかったためか、おどおどしている。
「ドロシーが砂漠を越えたいと願っている。どうしたらそれがかなう？」
「わたしにはわかりかねます。これまで砂漠を越えた者はいないからです。オズだけが例外です」
「あたしに力を貸してくれる人がどこかにいない？」ドロシーは勢いこんでいう。
「グリンダでしたら」と兵隊。

## 第18章　南へ出発

「グリンダって？」かかしがきいた。

「南の魔女でございます。あらゆる魔女のなかで最も強い力を持っており、クワドリングたちを支配しています。それにあの方のお城は砂漠と接していますから、そこを渡る方法もおそらくご存じではないかと」

「グリンダはよい魔女なのね？」ドロシーがきいた。

「クワドリングたちはそう思っています。それにグリンダはだれにも親切なのです。美しい女性で、もう相当な年でありながら、いつまでも若くいられるすべを知っているとのことです」

「どうしたらそのお城に行けるの？」とドロシー。

「道がまっすぐ南へ続いております。しかし旅人にとっては危険がいっぱいの道だといわれています。森には野生の獣がいますし、自分たちの土地をよそ者が通るのを好まない奇妙な種族も暮らしています。そのため、これまでクワドリングの者はひとりも、エメラルドの都へやってきたことがありません」

兵隊が出ていくと、かかしがいった。

「どんなに危ない旅になろうと、ドロシーは南の国へ行ってグリンダに力を貸してもらうしかないな。だって、ここにいたら永遠にカンザスには帰れないんだから」

「ずいぶんよく考えたな」ブリキのきこりがいう。

「ああ、考えた」とかかし。

「おれはドロシーといっしょに行く」ライオンがきっぱりいった。「もうこの都にいるのは飽きてきた。おれは森や自然のなかに帰りたくてたまらない。野生の動物だからな。それにだれかがドロシーを守らなくちゃいけない」

「それはそうだ」ときこり。「この斧がきっと役立つときがあるだろうから、わたしもいっしょに南の国へ行こう」

「じゃあ、いつ出発しようか？」かかしがきく。

「いっしょに行くのか？」みんながびっくりする。

「もちろんだよ。もしドロシーがいなかったら、おいらは脳みそなんて一生もらえなかった。ドロシーがトウモロコシ畑のさおからおいらをおろしてくれて、それでエメラルドの都へ来ることができたんだ。ドロシーがいなかったら、おいらはこんな幸運には恵まれなかったわけだから、カンザスにちゃんと帰れるとわかるまで、放っておけないよ」

「ありがとう」ドロシーは胸が熱くなった。「みんなほんとうに優しいのね。出発するならできるだけ早いほうがいいわ」

「明日の朝出発しよう」かかしがいう。「じゃあ、みんなで準備をしよう。長い旅になるだろうからね」

―― 第 19 章 ――

# 通せんぼの木

## 第19章　通せんぼの木

翌朝ドロシーは、美しい緑の娘にキスをしておわかれした。それからみんなで緑のほおひげの兵隊と握手をする。兵隊は門までみんなを送ってくれた。門番は、ドロシーたちが美しい都を出て、また新たな困難に向かっていくのだと知ってひどく驚いていた。それでもみんなのめがねのかぎをはずして緑の箱にしまうと、旅の安全を何度も祈ってくれた。

「いまやあなたはこの国の統治者なのですから、できるだけ早くもどってきていただかないと困ります」門番がかかしにいった。

「できるかぎりそうするよ」かかしが答えた。「だけどまずはドロシーをうちに帰さないと」

ドロシーは気のいい門番に最後のおわかれをした。「この美しい都で、みなさんからほんとうに親切にしていただいて、なんとお礼をいったらいいのか」

「お礼なんてけっこうですよ」門番がいう。「ほんとはずっとここにいてほしいのですが、カンザスへ帰るのがあなたのお望みなら、それがかなうように祈っております」そういって外の門をあけてくれたので、みんなはいよいよ出発した。

太陽がまぶしく輝くなか、一行は南の国の方角へ顔を向ける。みんな元気いっぱいで、笑い合い、おしゃべりをしながら歩いていく。ドロシーはうちに帰れる希望にふたたび胸をふくらませ、かかしとブリキのきこりは、そんなドロシーの役に立てるのがうれしかった。ライオンはといえば、新鮮な外の空気を満足げにかぎ、ふたたび自然のなかへ帰っていけるというので、もううきうきして、しっぽを左右にしゅっしゅと揺らしている。そのあいだずっとトトは、蛾やチョウを追いかけまわして、しょっちゅう陽気にほえていた。

「やっぱり町の暮らしはおれには向いてないって、つくづくわかった」ライオンがいい、みんなはきびきびと歩いていく。「ここで暮らしてから、めっきりやせてしまったが、とにかく少しでも早く、勇気をもらったいまの姿をほかの動物たちに見せたいよ」

みんなは最後にもう一度、エメラルドの都をふりかえった。ここまで来ると、緑の城壁の向こうに見えるのは、高い塔やとんがり屋根だけで、それよりもずっと高いところにオズの宮殿の塔や丸屋根がそびえていた。

## すばらしいオズの魔法使い

「結局のところ、オズはそんなにひどい魔法使いじゃなかったわけだ」ブリキのきこりがいう。いまでは胸のなかで心臓がちゃんと動いているのが感じられた。

「おいらに脳みそをくれたもんな。それも上等のやつを」かかしがいう。

「もしオズが、おれにくれたのと同じ勇気のもとを自分でも飲んでいたら、もっと勇敢な男でいられたろうに」とライオン。

ドロシーは何もいわない。約束は守ってもらえなかったものの、オズはオズなりに一生懸命やってくれたとわかっているので、もうゆるしていた。それに自分でいっていたように、いい人だった。魔法使いとしてはお話にならないにしても。

旅の初日は、エメラルドの都を取り巻く緑の野原と鮮やかな花のなかを進んでいった。夜は星空を屋根に草の上に寝ころがり、ぐっすり眠った。

朝になり、またずっと歩いていくと、やがてうっそうとした森の前に出てきた。右を見ても左を見ても、森はどこまでも続いていて、回り道もなかった。もしあったとしても、道を変えれば迷うおそれもあるので、どうしてもこのまま進みたかった。それでいちばん通りぬけやすそうな部分はどこだろうと、森に目を走らせた。

すると先頭を歩いていたかかしが枝を大きく張り出している巨木を見つけた。枝の下にちょうどみんなが通れるぐらいのすきまがあいている。それでかかしは歩いていったが、最初の枝の下を通りぬけようとしたちょうどそのとき、頭上の枝がおりてきて体にからみつき、宙に持ちあげられた。そのままぽーんと放り投げられて、かかしは仲間たちのところへ頭からつっこんだ。

怪我こそしなかったものの、すっかり肝をつぶし、ドロシーに助け起こされたときには、ただもうぼうぜんとしていた。

「ほら、あそこの木の間も通りぬけられそうだ」とライオンがいう。

「まずおいらが行く。投げられても怪我をしないからね」いいながら、かかしはまたべつの木のほうへ近づいていったが、そちらの木も枝をさっと動かしてかかしをつかみとり、またぽーんと放り投げた。

「いったいどうなってるの？　どうしたらいいの？」ドロシーが声を張りあげた。

「どうやら木のほうじゃ、おれたちを通すつもりはないようだ。戦ってでも通せんぼをする気だ」ライオンがいった。

「じゃあ、わたしがやってみよう」きこりがいい、かかしをひどく乱暴に扱った最初の木に、斧をかついで近づいていった。こちらもさっきの木と同じで、近づいてきた者をつかもうと大枝をおろしてきたものの、これをきこりは斧で一刀両断。たちまち木は痛みに苦しむようにわさわさと全身をふるわせ、きこりはその下を無事通りぬけることができた。

「通れたぞ！」きこりがみんなにさけぶ。「早く来い！」全員走って行き、かすり傷ひとつ負うことなく通りぬけたが、トトだけが小さな枝のあいだにはさまってしまった。枝をゆらしてもがくものの、しまいにウォーンとあわれっぽい声を出し、きこりにすかさず枝を切りはらってもらって自由になった。

一度なかに入ってしまえば、森の木は何も悪さをしてこなかった。おそらく最前列の木だけが枝を自在に曲げられるのだろう。いわば森の警察官として、よそものを締め出すためにこういった不思議な力を与えられているのだと、みんなは結論づけた。

あとは4人とも楽々と木々のなかをぬけていき、やがて森のはずれに出てきた。驚いたことに、目の前に白い陶器のような壁が立ちはだかった。お皿のようにつるつるした壁で、みんなの頭より高くそびえている。

「どうしよう？」ドロシーがいう。

「わたしがはしごをつくろう」きこりがいった。「とにかくこの壁の向こうへ行かないと」

## 第 20 章
# こわれやすい陶器(とうき)の国

## 第20章　こわれやすい陶器の国

きこりが森で見つけた木ではしごをつくっているあいだ、ドロシーは横になって眠った。長いこと歩きつづけて疲れてしまったのだ。ライオンも身を丸めて眠り、トトもその隣に横になった。

かかしはきこりの作業を見守りながら、こんなことをいった。

「どうしてここに壁なんかあるのかねえ。なんでできてるんだろう」

「少し頭を休めて、壁のことなんか心配するな」きこりがいう。「越えてしまえば、その向こうに何があるかわかるんだから」

しばらくしてはしごができあがった。見た目はずいぶん不格好だが、頑丈でちゃんと目的は果たすときこりはいう。かかしがドロシーとライオンとトトを起こして、はしごができあがったことを伝えた。かかしが最初にはしごをのぼっていったものの、これがずいぶん危っかしいので、ドロシーがぴたりとうしろについて落ちないようにした。壁のてっぺんに頭を出すと、かかしがいった。「うわっ、なんだこれ！」

「早く上がって」とドロシー。

それでかかしはさらに上がっていって壁の上に腰かけ、今度はドロシーが壁の上に頭を出し、「うわっ、何これ！」と、かかしと同じように驚いた。

それからトトも上がってきて、たちまちワンワンほえだしたが、ドロシーが静かにさせた。次はライオン、最後にきこりが続いたが、どちらも壁の上に頭が出るなり、「うわっ、なんだこれ！」と声をあげた。全員壁のてっぺんに１列に腰をおろし、眼下に広がる奇妙な光景をまじまじと見た。

目の前にだだっ広い田園風景が広がっているのだが、その地面が白くてぴかぴか輝いていて、巨大な皿の底のようだった。その上に散らばるたくさんの家々も全部陶器でできていて、さまざまな色がくっきり塗られている。家といってもとても小さくて、いちばん大きな家でも、ドロシーの腰あたりにしか届かない。さらに小さなかわいい納屋もあって、どれも陶器の柵に囲まれている。たくさんの牛や羊、馬やブタやニワトリもいるのだが、どれもこれも陶器でできていて、めいめい寄り集まっている。

けれどもいちばん奇妙だったのは、この不思議な国の住人だった。金色の水玉模様がついたゆったりした服の上に、鮮やかな色のベストをひもできっちり締めた、乳しぼりの女や羊飼いの女。金、銀、紫のじつにぜいたくなドレスを着たお姫さま。ピンクと黄色と青のたて

じま模様が入ったひざ丈ズボンに、金のバックルがついた靴をはいた羊飼いの男。宝石のついた冠をかぶり、高級な白い毛皮でつくった豪華なローブの下につやつやしたサテンの上着を着こんだ王子さま。ひだ飾りのある衣装を着たピエロは、両方のほっぺたに赤い丸を描き、背の高いとんがり帽子をかぶっておどけている。どこがいちばん奇妙かといえば、そういった人々がひとり残らず、すべて陶器でできていて、着ている服も陶器ということだ。そして、みんながみんなとても小さく、いちばん背が高い人でも、ドロシーのひざにも届かないのだ。

　最初、この国の人たちは誰もこちらに目もくれなかった。例外は紫色の陶器の小犬1匹だけで、頭ばかり大きなこの犬は壁に近づいてきて小さな声でほえたのち、また走って逃げていってしまった。

「どうやっておりたらいい？」とドロシー。

　はしごを反対側におろそうと思ったが、重すぎてとてもひっぱりあげられない。そこでかかしが先に飛びおりて、堅い床で足を痛めないよう、みんなはかかしの体の上に着地することにした。もちろん足にピンや針が刺さっては困るので頭の上は避けるよう、慎重に飛びおりた。全員が無事おりると、かかしを助け起こし、ぺちゃんこになった体をパタパタ優しくたたいて、またもとどおりふっくらさせた。

「おかしな国だけど、ここを通りぬけないと向こう側にはたどりつけないわ」ドロシーがいった。「べつの道を行って迷うより、ひたすら南へ向かうのがいちばんよ」

　みんなは陶器の人々が暮らす国を歩いていった。最初に出会ったのは、陶器でできた牛の乳しぼりをしている娘だった。みんなが近づいていくと、牛がふいに足をあげて、丸椅子、バケツ、乳しぼりの娘をけとばし、すべてが大きな音を立てて陶器の地面にひっくりかえった。

　牛の足が1本折れてしまったのを見てドロシーはぎょっとした。バケツも割れて床に散らばり、かわいそうに、娘は左ひじが欠けてしまった。

「なんてことするのよ！」娘が怒っていう。「ほら！　うちの牛が足を折っちゃったじゃないの。また修理屋に連れていって、くっつけてもらわないといけない。いったいどういうつもりでのこのこやってきて、うちの牛をおどかすの？」

「ほんとうにごめんなさい。どうかゆるしてください」とドロシー。

　見た目は本当にかわいらしい乳しぼりの娘だが、相当腹を立てているらしく、答えもしない。ぷりぷりしながら牛の足を拾いあげると、牛をひっぱって歩いていく。かわいそうに、牛は3本足でぎくしゃくと歩いていた。娘は、欠けたひじを押さえて立ち去りながら、何度もふりかえっては、うかつなよそ者をとがめるようににらんでいった。

## 第20章　こわれやすい陶器の国

　ドロシーはこの事件ですっかり気落ちしてしまった。
　「ここではよくよく気をつけて行動しないといけないな」優しい心を持つきこりがいった。「でないと、この国の小さくて愛らしい人たちを、二度と立ち直れないほど傷つけてしまいかねない」
　もう少し先へ進んでいくと、ドロシーはなんとも美しく着飾った若いお姫さまと出会った。向こうはこちらに気がつくとはっと足をとめ、それからすぐ逃げていこうとした。
　ドロシーはもっとお姫さまをよく見てみたかったので、あとを追いかけた。すると陶器のお姫さまがさけんだ。
　「来ないで！　追いかけてこないで！」
　ずいぶんおびえた声を出すので、ドロシーは足をとめた。「どうして？」
　「だって」ドロシーから安全な距離を置いたところでお姫さまも足をとめた。「走って転びでもしたら、こわれてしまうから」
　「だけど修理できるでしょ？」とドロシー。

★★★★
すばらしいオズの魔法使い

「ええそうよ。でもどんなに上手に修理をしても、完全にもとどおりというわけにはいかないわ」
「それはそうね」とドロシー。
「ピエロのミスター・ジョーカーなんてね」お姫さまが続ける。「いつだって逆立ちしようとするの。だから何度も修理しなくちゃいけなくって、いまでは何百という継ぎ目がついてて、ぜんぜんきれいじゃないの。ほら、こっちへ来るから、ご自分の目でたしかめてみたら」
　言葉どおり、小さなピエロが陽気にこちらへ歩いてくる。赤・黄・緑の3色で色どられた美しい服を着ているのに、そこらじゅうに継ぎ目が走っていて、何度も修理を繰りかえしたのがドロシーにはわかった。ピエロは両手をポケットにつっこんで頬をぷっとふくらませ、小生意気な顔でドロシーたちにうなずいてみせる。そうしてこんなことをいいだした。

「やあ、美しいお嬢さん
あわれなミスター・ジョーカーを
なんだってじろじろ見るんだい？
そんなに気どってつっぱって、
堅苦しいったらありゃしない
火かき棒でも飲みこんだかい！」

「おやめなさい！」お姫さまがいう。「この人たちはよそからいらしたのですよ。礼儀をわきまえなさい」
「礼儀ってのは、このことかい」ピエロはいうなり、ひょいっと逆立ちをした。
「この人のことはどうぞお気になさらずに」お姫さまがドロシーにいう。「頭のなかもかなりこわれていますから、まともにものが考えられないんです」
「その人はべつにいいの」ドロシーがいった。「でも、あなたはとってもきれい。そばに置いて、大事にしたいわ。カンザスに持ち帰って、エムおばさんの暖炉の上に飾ってもいいか

## 第20章　こわれやすい陶器の国

しら？　バスケットに入れて運んでいってあげる」

「それは困ります」お姫さまがいう。「わたしたちはこの国で満足して暮らしているんです。ここにいれば、おしゃべりもできて、どこへでも好きなところへ行けます。でもどこかへ持ち去られたとたん、わたしたちは関節がかたまって動けなくなるんです。あとはただ、人に見られて美しいように、ぴんと立ってなくちゃいけない。暖炉の上や戸棚、客間のテーブルなんかに飾ろうって人は、当然わたしたちがそうしていることを望むのでしょうから」

「そんなかわいそうなこと、絶対したくないわ！」ドロシーがびっくりしていった。「じゃあ、ここでおわかれね、さようなら」

「さようなら」お姫さまも答えた。

みんなは陶器の国を慎重に歩いていった。どこを通っても、うっかりこわされてはかなわないと、小さな動物や人々があわてて道をあける。1時間ほど歩いたところで、国の反対側にたどりつくと、ここにも陶器の壁が立っていた。しかしこちらは最初に越えた壁ほど高くなく、ライオンの背中を踏み台にすれば、みんなてっぺんに上がることができた。最後にライオンが前足をちぢめて勢いよく飛びあがった。その拍子にしっぽがぶつかって陶器の教会をひっくりかえし、粉々にこわれてしまった。

「あーあ、悪いことしちゃったわ」とドロシー。「でも、牛の足や教会をこわすだけで、この国の小さな人たちをひどく傷つけないですんだのは運がよかったのかもしれない。みんなほんとうにこわれやすいんだから！」

「ほんとうだね」とかかし。「おいらは、わらでできててよかった。そう簡単にはこわれないから。この世にはかかしでいるより、大変なことがあるんだね」

―― 第 21 章 ――
# ライオン、百獣の王になる

## 第21章 ライオン、百獣の王になる

陶器の壁をおりると、その先には困難な道が続いていた。湿地や沼地の上に丈の高い草がぼうぼうに茂っていて、うっかりすると、ぬかるんだ穴に足をとられかねなかった。それでもみんなは足もとを見つめながら慎重に歩いていき、やがてしっかりした地面にたどりついた。しかしここはさらに草深く、長い道のりをくたくたになって歩きつづけた先には、またべつの森がひかえていた。こちらの森には、これまで見たこともない巨木が立ちならび、長い年月を感じさせる。

「この森は最高だね」ライオンはあたりを見まわしながらうれしそうにいう。「こんなに美しい場所は見たことがない」

「なんか気味悪くないか」とかかし。

「そんなことはまったくない」ライオンがいう。「おれだったら、ここで一生暮らしてもいいぞ。足の下の枯れ葉はふかふかだし、古い木にびっしり生える青々とした苔がなんとも美しい。どんな野生の獣でも、この森以上にすばらしいすみかは望めないだろう」

「きっともう住んでるんじゃないかしら」とドロシー。

「そうだと思うんだが」とライオン。「まだどこにも姿が見えん」

そのまま森の奥へと進んでいくと、やがてそれ以上進めないほど暗くなってきた。ドロシーとトトとライオンは横になって眠り、きこりとかかしはいつものように見張りをした。

朝になると、みんなはまた出発した。そう遠くまで行かないうちに、ウーウーいう声がきこえてきた。たくさんの獣が何かいっせいにうなっているような感じだった。トトがクーンとあわれっぽく鳴いたものの、ほかのみんなは何もおそれず、踏みならされた道をひたすら歩いていく。

するとまもなく、森のなかのひらけた場所に出てきて、そこに何百というさまざまな獣が集まっていた。トラ、ゾウ、クマ、オオカミ、キツネなど、自然の歴史のなかに登場するありとあらゆる種類がいて、一瞬ドロシーはこわくなった。

そこでライオンが、獣たちはここで集会をひらいているんだと説明する。ああやって、うなって歯をむきだしているようすからすると、どうやら大変な問題が持ちあがっているようだという。

ライオンがしゃべっていると、数匹の獣がそれに気づき、まるで魔法にでもかかったように、獣たちがいっせいに静かになった。いちばん大きなトラがライオンに近づいてきて、お

じぎをしていう。「ようこそ、百獣の王よ。われらの敵を倒して、この森の獣たちにふたたび平和をもたらしてください」

「何があったのだ？」ライオンがおだやかにきいた。

「みなおそろしくて、おびえています」とトラ。「最近この森に獰猛な敵がやってきたのです。ぞっとするような怪物で、クモに似た姿をしているのですが、体はゾウのように巨大で、足は木の幹のように長くて8本もあるんです。そうして森をはいまわり、長い足をつかってとらえた獲物を口もとまでひきずっていって食らうのです。まるでクモがハエを食らうのと同じ。この獰猛な怪物が生きているかぎり、われわれは生きた心地がいたしません。それで集会をひらいて、どうやって身を守ろうか相談していたところへ、あなたがやってこられたというわけです」

ライオンは一瞬考えた。

「この森には、ほかにライオンはいないのか？」

「おりません。かつて数頭いたのですが、それもこの怪物がすべて食ってしまいました。しかし食われてしまったライオンたちは、あなたほど大きくも勇ましくもありませんでした」

「もしおれがおまえたちの敵を倒したなら、おれを森の王と認めて従うか？」ライオンはきいた。

「みな喜んで従います」トラが答えると、ほかの獣たちがいっせいに力強い声で賛同した。「従います！」

「そのクモの怪物はどこにいる？」とライオン。

「向こうの、オークの木立のなかです」トラがいって前足で方向を示す。

「じゃあ、おれの仲間を頼む。これからすぐ行って、怪物を倒してくる」

ライオンは仲間たちに行ってくるよといって、堂々と歩いて怪物のもとへ向かった。

巨大なクモの怪物は、ライオンが見つけたときにはぐっすり眠っていた。そのあまりに醜い姿に、ライオンは頭をうしろにそらし、フンと顔をそむけた。トラがいっていたように足は非常に長く、体はごわごわした黒い毛におおわれている。巨大な口のなかには、30センチもある先のとがった鋭い歯がずらり。しかしその頭と、ぽってりした体をつなぐ首は、スズメバチのウエストほど細かった。

これを見てライオンは最良の攻撃を思いついた。起きているときより寝ているときのほうが倒しやすいとわかっていたので、まず大きくジャンプして相手の背中に飛び乗る。それから鋭いかぎ爪のあるずっしりした前足の一撃で、敵の頭を胴体から切り落とした。

ライオンは背中から飛びおりて相手のようすをじっと見守り、くねくね動いていた足の動きがとまって、完全に死んだのをたしかめた。

## 第21章　ライオン、百獣の王になる

それから、ひらけた場所へもどっていき、待っていた森の獣たちに誇らしげにいう。
「おまえたち、もうあいつをおそれる必要はなくなったぞ」
　獣たちはライオンを自分たちの王と認めてその前にひれふした。ライオンは、ドロシーを無事カンザスへ旅立たせたらすぐ帰ってきて、森を治めると約束した。

── 第 22 章 ──

## クワドリングの国

## 第22章　クワドリングの国

そのあと4人はこれといった危険もなく森のはずれまで歩きつづけたが、森の薄暗がりから出たところで、目の前の高い丘にはばまれた。すそ野から頂まで大きな岩がすきまなく覆っている。

「これをのぼるのはきついな」とかかし。「それでも、のぼらなくちゃならないよね」

それでかかしが先頭に立って丘に近づいていき、そのあとにみんなも続いた。ところが最初の大岩にさしかかったところで、「来るな！」と、ガラガラ声が怒鳴った。

「えっ、だれ？」かかしがきく。

すると岩のかげから頭がひとつ飛び出し、さっきと同じガラガラ声でいう。「この丘はおれたちのもので、だれにも越えさせやしないのさ」

「だが、こっちは越えないといけない」とかかし。「クワドリングの国に行くんだ」

「だから、だめだといっている！」そういった次の瞬間、岩のかげから、これまで見たこともない、世にも奇妙な男が現れた。

背はちんちくりんで、ずんぐりした体の頭でっかち。頭のてっぺんはまったいらになっていて、何重にもしわがよった太い首で胴体とつながっている。しかし腕は左右ともついていない。これを見たかかしは、おそれるに足りないと思った。こんなやつらなら、たとえ自分たちが丘をのぼろうとしても、手が出せないからだ。それでかかしはいった。

「いうとおりにしなくて悪いけど、なんといわれても、おいらたちはこの丘を越えさせてもらうから」そういって、平然と丘をのぼりだした。

すると電光石火の早業で、男の頭がシュポーンと肩から離れ、首がゴムのように前へのびていったかと思うと、平たい頭のてっぺんが、かかしの胴体を直撃した。かかしは宙にはねとばされ、くるくる回転しながら坂を転げ落ちた。

さっきと同じように、頭はすばやく胴体にもどり、男はざらついた声でゲラゲラ笑う。「そう簡単にはいかないぜ！」

あたり一帯に、やかましい笑い声が合唱のように響きわたる。と、ドロシーは、無数にある岩のことごとくから、腕のないトンカチ頭の小男たちが顔を出しているのに気づいた。

ライオンは、かかしが大変な目にあったのを笑い飛ばされて激しく怒り、雷鳴のような咆哮を響かせながら坂を駆けのぼる。

しかしここでもまた、小男の頭が発射され、まるで砲丸を食らったように、巨体のライオ

ンも坂道を転げ落ちていった。

　ドロシーは駆けおりていって、かかしを助け起こした。そこへ、体のあちこちが痛んでいるらしいライオンが歩み寄る。「自分の頭を飛び道具にしているやつらと戦っても無駄だ。勝てるはずがない」

　「じゃあ、どうすればいいの？」とドロシー。

　「ツバサザルを呼び出したらどうだろう」ブリキのきこりが提案する。「まだあと1回、願いをきいてもらえるはずだ」

　「わかったわ」ドロシーは黄金の帽子をかぶって呪文を唱えた。ツバサザルたちは例によってすぐに飛んできて、あっというまに全員がドロシーの前に勢ぞろいした。

　「今度のご命令は？」ボスが深くおじぎをしていった。

　「この丘を越えて、わたしたちをクワドリングの国へ運んでほしいの」ドロシーが答えた。

　「承知しました」ボスがいい、すぐにツバサザルたちが4人の旅人とトトを腕にかかえて飛びたった。みんなが丘を越えていくのを見て、トンカチ頭の小男たちはくやしがって怒鳴り、空の高みに向かって次々と頭を発射させるものの、ツバサザルの飛んでいるところまでは届かず、ドロシーたちは安全に丘を越えて、クワドリングの暮らす美しい国へおろされた。

　「これが最後でしたな」ボスがドロシーにいう。「では幸運をお祈りして、われわれはこれにて失礼いたします」

　「さようなら、いろいろほんとうにありがとう」ドロシーがいうと、サルたちは空に飛びたち、あっというまに姿を消した。

　クワドリングの国は豊かで幸せそうだった。どこまでも続く、麦の実る畑のなかを、きれいに舗装した道が通り、さざ波の立つ美しい小川には、しっかりした橋が渡してある。柵も家も、すべて鮮やかな赤に塗られていた。ウィンキーの国が黄色、マンチキンの国が青で統一されていたの同じだ。クワドリングは小柄で太ったぽっちゃり体形で、みな温厚そうだった。全身赤色のよそおいが、緑の草原と黄色く実った麦に映えて、目にも鮮やかだ。

　ツバサザルたちにおろされた場所の近くには1軒の農家があり、みんなはそこまで歩いていってドアをノックした。

　農家の奥さんがドアをあけると、ドロシーは何か食べ物をいただけないかと頼み、この家でみんなはおいしい食事をごちそうになった。ケーキを3種類、クッキーを4種類も食べ、トトはボウル1杯のミルクをもらった。

　「グリンダの城まではどのくらいかかりますか？」ドロシーがきいた。

　「そんなに遠くはないよ」農家の奥さんがいった。「南へ通じている道を進んでいけば、まもなく着くから」

## 第22章　クワドリングの国

　親切な奥さんにお礼をいって、みんなはまた元気に出発し、畑の横をぬけ、小ぎれいな橋を渡り、やがてとても美しいお城の前に出てきた。門の前に若い女の子が3人いて、みな金モールで縁取りをした赤い制服をぱりっと着こなしている。ドロシーが近づいていくと、そのうちのひとりが声をかけてきた。
「南の国にどういう理由でいらしたのですか？」
「この国を治める、よい魔女に会いにきました」ドロシーが答えた。「魔女のところまで連れていってもらえますか？」
「お名前を教えてください。グリンダさまにお会いするかどうか、きいてまいります」みんなが名乗ると、忠実な女の子の従者は城のなかへ入っていった。数分後にもどってくると、ドロシーをはじめ、みんなすぐに魔女に会えるといった。

― 第 23 章 ―

# よい魔女グリンダ、ドロシーの願いをかなえる

## 第23章　よい魔女グリンダ、ドロシーの願いをかなえる

グリンダに会いに行く前に、みんなは城内の一室に通された。そこでドロシーは顔を洗って髪をとかし、ライオンは体をゆすってたてがみから土ぼこりを落とし、かかしは自分で体をパタパタたたいてできるだけ形をととのえ、きこりはブリキの肌を磨いて関節に油を差した。

全員の身だしなみがととのうと、女の子の従者が大きな部屋に案内した。そこに魔女グリンダがルビーの玉座にすわって待っていた。

だれが見ても若くて美しい女性だった。純白のドレスを着て、カールした濃い赤色の髪が肩にふわりと落ち、青い瞳はドロシーを優しく見つめている。

「お嬢さん、さて、ご用の向きは？」グリンダがきく。

ドロシーは自分の身の上を話した。たつまきに運ばれてオズの国へやってきて、仲間と知り合って冒険をした、そのひとつひとつをくわしく話してきかせたのち、最後にこういった。「あたしのいちばんの願いはカンザスに帰ることなんです。きっとエムおばさんは、あたしの身に何かおそろしいことが起きたんだって思って、喪服を着るはずです。だけど作物が去年よりたくさんとれないかぎり、ヘンリーおじさんには喪服を買う余裕なんてないんです」

グリンダは身を乗り出し、自分を見上げるドロシーの愛らしい顔に優しくキスをした。

「あなたの優しい心に祝福がありますように。わたしがまちがいなくカンザスへ帰る方法を教えてあげましょう」そこでグリンダはさらにいう。「しかし、そのためには、黄金の帽子をこちらにいただかないと」

「喜んで！」ドロシーが声を張りあげた。「もうあたしが持っていても意味はないんです。あなたのものになれば、また新たに3度、ツバサザルに仕事を命じることができます」

「その3回がこれから必要になると思います」グリンダがにっこり笑う。

ドロシーが黄金の帽子を渡すと、魔女はかかしに向かってこういった。「ドロシーがこの国を出たら、あなたはどうするつもりですか？」

「エメラルドの都へ帰ります。オズからそこを治めるようにいわれていて、住人も好いてくれているんです。ただ、トンカチ頭が守っている丘をどうやって越えればいいのか、それだけが気がかりで」

「黄金の帽子をつかってツバサザルを呼び出し、あなたをエメラルドの都まで運ばせましょう。こんなにすばらしい統治者をうばったら、わたしはそこの人々に顔向けができませんから」

「おいら、ほんとうにすばらしいんですか？」

「あなたのような王はほかにいませんよ」グリンダがいった。

次にグリンダは、ブリキのきこりに向き直ってきいた。「ドロシーがこの国を出たら、あなたはどうするつもりですか？」

きこりは自分の斧によりかかり、ちょっと考えてからいった。「ウィンキーがわたしにとても親切にしてくれていて、悪い魔女が死んだあと、自分たちの国を治めてくれないかといわれています。わたしも彼らが好きなんです。だからもし、西の国へふたたびもどって、そこを永遠に治められるなら、それ以上にすばらしいことはありません」

「ツバサザルに頼むふたつめの仕事は、あなたを安全にウィンキーの国に運んでもらうことにしましょう。あなたの頭はかかしの頭ほど大きくはありませんが、手にしている斧と同じように、磨けば抜群に切れるはず。ですからきっとウィンキーの国を上手に治めて、みんなを幸せにすることでしょう」

それから魔女は毛並みのぼさぼさした大きなライオンに向かっていった。「ドロシーが自分の家にもどってしまったら、あなたはどうするつもりですか？」

「トンカチ頭の丘を越えた先に、古くからの大きな森があるんです。そこにあらゆる獣が暮らしていて、おれはそこの王になりました。もしもどれるなら、その森で生涯幸せに暮らしたいと思います」

「ツバサザルに頼むみっつめの仕事として、あなたをその森に運んでもらいましょう。そうして黄金の帽子の魔力をつかいきったあとには、ツバサザルのボスに返すとしましょう。そうすれば、彼らも自由の身になれます」

かかしときこりとライオンが親切なよい魔女に心からお礼をいうと、ドロシーが興奮していった。

「あなたは美しいだけでなくほんとうに優しいわ！ でもあたしはまだ、カンザスへ帰る方法を教えてもらっていません」

「あなたのはいている銀の靴が砂漠の向こうへ運んでいってくれますよ。もしその靴の魔力を知っていたら、ここに着いた最初の日に、エムおばさんのところへもどれましたね」

「でもそうしたら、おいらはすばらしい脳みそをもらえなかった！ 農家のトウモロコシ畑で一生を終えることになったよ」

「それに、わたしは美しい心をもらえなかった。この世の終わりまで、体をさびつかせたま

## 第23章　よい魔女グリンダ、ドロシーの願いをかなえる

ま、森のなかに立ち尽くしていた」

「それにおれは永遠に弱虫のままだった」ライオンもいった。「あの森にいる獣の1匹だって、おれをほめちゃくれない」

「そうよ、そう」ドロシーはいう。「あたしだってみんなの役に立ててうれしいもの。だけどもうみんな自分がいちばん欲しいものを手に入れたんだし、治める国もできたんだから、あたしはもうカンザスへ帰りたいわ」

「銀の靴をお使いなさい」とグリンダ。「それにはすばらしい力があるのです。なかでもいちばんすばらしいのは、世界じゅうどこでも好きなところに3歩で行けるということ。それも1歩はまばたきをするほどの時間です。かかとを3回打ち合わせて、行きたい場所を命じるだけで、好きなところへ運んでくれますよ」

「それなら」と、ドロシーはワクワクしていう。「いますぐカンザスに帰してくれるよう命じるわ」

ドロシーはライオンの首に抱きついてキスをし、大きな頭をやさしくたたいた。それからブリキのきこりにキスをすると、きこりはおいおい泣きだして、関節をさびつかせてしまいそうだった。ドロシーはかかしのペンキで描いた顔にキスをするのはやめて、かわりにふかふかした体をぎゅっと抱きしめた。大好きな仲間たちとわかれるのが悲しくて、気がつくとドロシーも声をあげて泣いていた。

グリンダがルビーの玉座からおりてドロシーにさよならのキスをし、ドロシーは自分や仲間に大変親切にしてもらったことにお礼をいった。

それから真面目な顔になってトトを抱きあげ、みんなに最後のさようならをいうと、ドロシーは靴のかかとを3回打ち合わせ、「エムおばさんのところへ帰して！」といった。

たちまち体が宙をぐるぐる回転しだした。それがもう、ものすごい速さで、目の前はすべて風にふさがれて耳もとを風がヒューヒュー鳴ってかすめていくのが感じられるばかりだった。
　それでも銀の靴は3歩しか進んでおらず、それからいきなりドロシーはとまった。しかし勢いあまって草の上を何度か転がったので、まだどこにいるのかわからない。
　とうとう起きあがってまわりを見ると、「うわー！」ドロシーは大声でさけんだ。
　そこはカンザスのだだっ広い大草原で、すぐ目の前に新しい農家の母屋があった。たつまきで古い家が運び去られてしまったあと、ヘンリーおじさんが建て直したのだ。ヘンリーおじさんは納屋の前庭で牛の乳をしぼっている。トトはとっくに腕のなかから飛び出していて、激しくほえながら納屋に向かって走っていた。
　立ちあがってみると、ドロシーは靴下しかはいていなかった。銀の靴は宙を飛んでいるあいだに脱げて、砂漠のどこかに落ちて、もうだれにも見つからない。

―― 第 24 章 ――

# 自分の家

　エムおばさんがキャベツの水やりをしに、ちょうど家から出てきた。顔をあげたおばさんは、ドロシーが自分に向かって走ってくるのに気づいた。
　「まあ、ドロシー！」エムおばさんはさけんだ。小さなドロシーを腕に抱きしめると、顔じゅうにキスをする。「いったいどこへ行っていたの？」
　「オズの国よ」ドロシーは大まじめに答えた。「それにほら、トトも。ああ、エムおばさん、またおうちに帰ってこられて、ほんとうによかった！」

## 挿し絵画家からのメッセージ

1939年、ジュディ・ガーランドがドロシーを演じた映画『オズの魔法使』が、わたしの故郷オーストラリアのジーロングで公開され、両親に連れられて初めて映画を観にいった。その体験自体は胸おどるものだったが、かかし、ブリキのきこり、弱虫ライオンというドロシーの仲間たちが、どうも嘘っぽく見えてしかたなかった。単に人間の俳優が奇抜な衣装で身を固めたのではなく、物語で想像したとおりの彼らを観たかったのだ。

あれから80年。古くからの名作を現代の子どもたちに楽しんでもらえるよう、挿し絵をたっぷり入れた完全版古典名作シリーズに、この物語をむかえることになった。ライマン・フランク・ボームの「オズ」のキャラクターと彼らの冒険を、昔からずっと願っていたように、できるだけ本物らしく描くチャンスに恵まれたわけだ。ひとつ心残りなのは、「エメラルドの都」とさらにその先をめざしたドロシーと仲間たちの旅の地図を描けなかったことだ。その地図はわたしの想像のなかに存在する。読者のみなさんもそうであることを願っている。

ロバート・イングペン

## 訳者あとがき

　今からおよそ120年近く前にアメリカで誕生した『すばらしいオズの魔法使い』は、子どもから大人まで、世界中の読者に長きにわたって愛されてきた。映画、ミュージカル、テレビドラマなどなど、原作が生まれてから現在にいたるまで、関連作品が世界じゅうにあふれていることを見ても、絶大な人気のほどがうかがえる。そして、たいていの人間は最初に触れた"オズ"作品こそがフランク・ボームの"オズ"だと思いこみ、たまたまそれが二次創作であって、あいにくそこに違和感を覚えれば、まず原作に触れようとはしない。これは大変にもったいないことだ。

　じつは訳者も、幼いころに原作を読んだと思っていたのだが、訳していくうちにそうではなかったことが判明した。あのころ、かかしやブリキのきこりが人間のようにしゃべるのに違和感を覚えていたのは、おそらくドラマや映画で、人間が着ぐるみを着て演じているのを見ていたからだろう。ボームの文章がつくりだすキャラクターはそういうものとはまったく別物だった。本人は「生身の体ではない」といっているものの、かかしも、ブリキのきこりも、読者の想像のなかで、熱い血の通ったキャラクターとして立ちあがってくるのである。

　優れた物語は読者の想像力を巧みに刺激して、読者それぞれの頭のなかに、まちがいなくどこかにあると信じられる世界を出現させる。そこには、読者が子どもから大人になっても、本のページをひらきさえすれば何度でも再会できる登場人物たちが暮らしている。

　本編に入る前の「はじめに」で、「子どもたちはただ面白さを求めて物語を読めばいい」とボームは書いている。ある辞書によれば、「面白い」は「一説に、目の前が明るくなる感じを表すのが原義で……目の前が広々とひらける感じ」だという。とすれば、だだっ広い草原の真ん中で突如たつまきに運ばれ、主人公とともにゆかいな仲間たちと次々に出会い、明るいエメラルドの都をめざす旅に出る、『すばらしいオズの魔法使い』を読む体験はまさに「面白い」の極みだろう。

　原作を徹底的に読みこんで、自分なりの物語世界が頭のなかに確固としてできあがっている読者にも、この豪華愛蔵版はお勧めだ。全編に配されたイングペンの挿し絵は息を飲むほど美しく、同じ物語でも、読む人によって頭のなかにこれだけ違う世界が立ちあがるのかと、驚かれることだろう。読む人の数だけ、新しい世界が生まれる。時代をいくら経ても色あせない古典児童文学の尽きせぬ面白さを、本作を通じて今一度心ゆくまで味わっていただきたい。

2019年4月

杉田七重